« À ces soirs

où tu ne joins plus

les debouts

et où tu te remémores

l'odeur

des endroits

où tu iras »

Couverture par Olivia HB

L'ensemble des nouvelles et des œuvres présentes dans cette revue reste la propriété exclusive de leurs auteurs. L'ensemble des droits leur est réservé.

© 2020 Association Le Faune – Arts et Littératures d'Outre-Mondes

ISSN 2680-7092

Éditeur : BoD-Books on Demand
12-14 rond-point des Champs-Élysées, 75008 Paris
Impression : Books on Demand, Norderstedt, Allemagne

ISBN : 9782322237593
Dépôt légal : Juillet 2020

La revue des

Cent Papiers

Du Faune - Arts et Littératures d'Outre-Mondes

Numéro trois : Les Autres

Propos préliminaires aux voyages

Nous en avons fait du chemin déjà ! Et nous continuons explorant toujours plus loin ces mondes dont nous n'avons découvert qu'une infime partie.

Cette fois, les auteurs et artistes ont dû rivaliser d'ingéniosité pour se démarquer dans un corpus d'œuvres d'une qualité toujours meilleure et plus homogène. Jeux d'ombres, fantômes, rebus de la société, êtres venus d'ailleurs, créatures enfermées au plus profond de notre tartare intérieur ou êtres altérés, vous côtoierez de nombreux autres.

Certains vous laisseront calmes et sereins d'autres déclencheront des sentiments d'angoisse ou vous entraîneront dans un sillage de destruction et de folie. Pourtant, je vous l'assure, vous allez adorer les rencontrer...

Belle lecture sémillant visiteur.

Le Faune – Arts et Littératures d'Outre-Mondes

Nota Bene : N'hésitez pas à soutenir le Faune en achetant la revue si vous le pouvez, les fonds serviront à payer les factures de l'association et à promouvoir la revue. De plus, 2 € sont systématiquement reversés à l'association Sea Shepherd sous forme de don pour chaque exemplaire papier acheté !

Sommaire

Propos préliminaires .... page 5

Le fil de l'Araignée – Cédric Bessaies .... page 9

Univers parallèle 03 : à la lumière d'un réverbère – Petit Caillou ...... page 13

Nous venons en paix ! – Constantin Louvain .... page 15

Les autres – Ciryal .... page 23

Perfection – Eva Quermat .... page 25

Les égarés – Lilou Monet .... page 33

Amour, pouvoir ou vérité ? – Louise Sbretana .... page 35

Alter-ego – Aélis Nater .... page 45

Jeux de miroir – Nathalie Williams .... page 47

People – Sophie Patry .... page 53

La quête des éléphants légendaires – Nathalie Chevalier-Lemire ... page 55

L'enfer, c'est l'autre en face – Florent Lucéa .... page 59

Intra-auriculaire – Mello von Mobius .... page 61

Attention aux autres – Bezuth .... page 69

L'elfe de l'au-delà – Lam .... page 75

Le moulin du hameau de l'Aa – Cédric Teixeira .... page 77

Shaârghot, le commencement – Lancelot Sablon .... page 89

Les pages musicales du Faune .... page 107

Biographies .... page 115

Remerciements .... page 123

Le fil de l'Araignée
Cédric Bessaies

Dans les ténèbres moites des enfers, ni la nuit ni le jour n'existaient. Elles étaient un sarcophage infini sans issue et sans gloire où les âmes damnées erraient en une épaisse multitude.

Dans les plaines célestes, baignées des lumières, des chants et des parfums d'une vaste nature, vivait Shakyamuni, l'Araignée blanche de la Destinée. Elle parcourait les verdures avec langueur lorsque son regard se posa sur le miroir d'un lac. Celui-ci s'ouvrait sur les tréfonds du monde, là où résidaient les enfers.

Shakyamuni y vit, dans les marais de poison et de sang, les foules informes et résignées. Parmi elles, il y avait un homme qui luttait encore, qui se débattait plus fort que les autres, hurlait sa révolte dans les fumées de soufre.

Comme eux, il avait erré un mois, une année, une vie. La fange pourpre avalait ses pieds tout entiers et les vomissait à chaque pas. La chaleur fétide s'agrippait à ses bras, faisait peser sur ses épaules les senteurs de l'empyreume et le poids du désespoir. Pourtant, il ne cédait pas, il refusait de laisser le goût méphitique des lamentations se graver dans sa gorge, d'accepter le seau froid de la soumission.

Même l'éternité n'y pourrait rien. La cruauté de l'ennui, elle qui grignote lentement l'esprit jusqu'à ronger l'identité, se retrouvait pour la première fois impuissante. Son nom était Kandata, il ne l'oublierait pas. Il ne renoncerait jamais.

Shakyamuni s'interrogea. Elle scruta son passé, les innombrables crimes commis de son vivant. L'âme de cet homme était un lotus blanc qui s'était sali bien trop vite.

L'enfance de Kandata était imprégnée de poussière et de solitude. Sa lutte contre la faim, la peur et la mort ne lui avait rien appris de la valeur de la vie. Les autres n'étaient que des pantins sur lesquels il se hissait pour goûter à la lumière. Il avait grandi, volé, pillé, tué, violé, mangé à sa faim, répandu la peur et la mort, ri de l'absurdité obscène de l'humanité.

Mais un homme pouvait-il être si mauvais ? Shakyamuni fouilla la mémoire du Temps en quête de réponse jusqu'à s'arrêter sur une scène. Un jour, tandis que le bandit était en fuite, il avait failli écraser une frêle araignée. Au lieu de continuer sa course, il avait suspendu son geste pour l'épargner. Ce fut là le seul et unique acte de bonté qu'il ait jamais accompli.

Kandata n'avait connu sur terre ni l'amour, ni le bonheur, ni l'espoir. Pourtant, dans ces flots déshumanisés, il s'insurgeait plus que quiconque. Shakyamuni comprit alors qu'il se battait car il s'était toujours battu.

En reconnaissance de son geste passé, l'Araignée Céleste décida de lui offrir une chance de salut. Elle tissa un fil d'argent, fin et solide, qu'elle fit descendre dans la brume viciée des enfers.

L'homme s'en approcha, l'effleura du bout des doigts, redécouvrit la douceur. Il leva la tête, vit le fil s'élever au-delà de la chape rouge des nuages. Une lumière blanche, aussi lointaine qu'une étoile, y scintillait. Il sut aussitôt que ce lien était pour lui.

Alors Kandata le gravit de toutes les forces qu'il n'avait plus. Il monta tant que les relents faisandés des enfers laissèrent place à un air respirable, que les cris lamentables s'évanouirent. Il grimpa un mois, une année, une vie sans jamais se retourner. Jusqu'au jour où il se demanda à quoi ressemblait le monde de si haut.

Ce fut alors qu'il vit tous ceux qui le suivaient, semblables à des traînées de cafards répugnants. Des centaines et des centaines de damnés s'accrochaient à son fil, à sa lumière, à son espoir. Mais ce lien était à lui.

Kandata tenta de les repousser. Les plus proches, déjà à portée de ses bottes, furent chassés à coups de pied, mais il en arrivait toujours plus. Les criminels s'agrippaient à lui, il se démenait avec fureur, les fit choir sous les nuages de braises et de cendres ; mais d'autres venaient encore, alors il se débattait davantage. Cette corde si frêle était la sienne.

Puis le fil se rompit.

Par un regard glacé d'indifférence, les huit yeux de l'Araignée assistèrent à la chute. Kandata sombrait à nouveau dans les ténèbres moites des enfers ; il avait gâché sa dernière chance. Les humains étaient des êtres curieux, songea l'animal.

Dans les plaines célestes, baignées des lumières, des chants et des parfums d'une vaste nature, Shakyamuni reprit son paisible chemin.

Note de l'auteur : *Le fil de l'Araignée* est la réécriture de l'histoire courte du même nom (titre original : 蜘蛛の糸, *Kumo no Ito*) de Ryūnosuke Akutagawa, écrivain japonais dont l'influence a laissé son empreinte au Japon, mais aussi à travers le monde.
Pour cette nouvelle, je me suis inspiré de la version française de Henri Gougaud. GOUGAUD H., *L'Arbre aux trésors : légendes du monde entier*. Paris, France, Éditions du Seuil, 1987, 383 pages.

Nous venons en paix !
Constantin Louvain

Le portail s'ouvrit à Jérusalem sur l'esplanade des Mosquées, une nuit d'avril à deux heures du matin, heure locale. À part six soldats en patrouille, personne ne fut témoin de son apparition. Les militaires virent une lueur bleutée dessiner dans l'air ambiant une porte, haute de trois mètres, large de dix. L'instant d'après, les premiers visiteurs émergèrent : des créatures bipèdes graciles, hautes d'un mètre soixante, à la peau grise, aux grands yeux noirs. Ils arrivaient en masse, comme une foule tassée, nus, sans outils ou armes apparentes, leurs mains à six doigts levées bien au-dessus de leurs têtes, et ils répétaient à qui mieux mieux dans une dizaine de langues : « Nous venons en paix ! ». L'officier conduisant la patrouille estima qu'une vingtaine de nouveaux venus déboulait toutes les trois secondes. Dès qu'ils parvenaient sur l'esplanade, ils se mettaient à courir, s'égaillant dans toutes les directions.

Les soldats de Tsahal demandèrent des instructions à leurs supérieurs. Le temps que leur message soit pris au sérieux, puis remonte le long de la chaîne de commandement jusqu'à un Premier ministre au sommeil lourd, trois heures s'étaient écoulées et plusieurs milliers de petits gris avaient débarqué. Quelques-uns restèrent sur l'esplanade, mais la plupart traversèrent le cordon de sécurité hâtivement mis en place une heure après l'ouverture du portail et se perdirent dans les ruelles de la vieille ville où des habitants ahuris les observèrent au petit matin. Ils déambulaient tranquillement, sans but précis, s'intéressant à tout ce qu'ils rencontraient : un rideau mécanique qu'un commerçant levait, le pain qu'un boulanger amenait en boutique, une vitrine peuplée de souvenirs...

Une dizaine d'entre eux s'agglutina autour d'une benne à ordures. Ils caquetaient dans leur curieux langage. Le chef d'équipe des éboueurs, un arabe d'une cinquantaine d'années, s'adressa à eux dans sa langue, et reçut pour toute réponse :

— Nous venons en paix.

Il tenta de développer la conversation, mais sans succès. Les étrangers paraissaient fascinés par les détritus qui remplissaient les poubelles. Certains les pointaient du doigt, en caquetant et cliquetant avec excitation. Ahmed, le conducteur, leur fit signe de se servir, et il fut apparemment compris. Les petits gris s'emparèrent d'épluchures de pomme de terre, de légumes flétris, de canettes en aluminium, comme s'ils constituaient autant de trésors, et s'éloignèrent en groupe, babillant avec entrain.

Des renforts arrivèrent un peu avant l'aube et continrent de leur mieux le flux constant des visiteurs. Faute d'instructions claires, soldats et policiers se contentaient de canaliser cette foule étrange qui débordait maintenant de l'esplanade et ruisselait dans les ruelles environnantes, clamant en arabe, en anglais et en hébreu :

— Nous venons en paix !

Les petits gris démontrèrent une souplesse et une discrétion incroyables. Les humains apprirent vite qu'ils disposaient de capacités mimétiques hors du commun. Le sergent Aaron en aperçut un qui rampait sur le sol, sa peau reproduisant non seulement la couleur, mais aussi la texture et le dessin du pavement. Il tenta de l'attraper, mais se rendit compte que l'être était couvert d'une pellicule visqueuse qui rendait sa capture difficile. Il hésita, puis brandit sa matraque dans un geste menaçant. Le petit gris se recroquevilla, gémissant de façon pitoyable avant même qu'un coup lui fût porté. Aaron s'immobilisa. Il ne pouvait décemment pas devenir le premier terrien à frapper un de ces extra-terrestres. Son chef et sa hiérarchie n'apprécieraient sûrement pas un tel geste. Il rangea sa matraque, et tenta derechef de se saisir du resquilleur. C'est alors qu'il se rendit compte que celui-ci avait délibérément attiré son attention pour permettre à une demi-douzaine de ses congénères de franchir le barrage. Il les vit courir de leur démarche curieuse, et se perdre dans le lacis de ruelles qui entourait la place. Il se tourna vers son officier, un jeune lieutenant, et lui demanda :

— Vous avez vu cela ! Que sommes-nous censés faire ?

— Les contenir, répondit Joshua, avec un usage modéré de la force. En clair, vous ne leur tapez pas dessus !

— Mais il en arrive des centaines !

— Oui, je vois. Des renforts sont en chemin.

Vers dix heures, le Premier ministre, des députés et quelques experts vinrent observer par eux-mêmes le phénomène. Des dizaines d'équipes de reporters se trouvaient déjà sur place, ainsi que des manifestants humains munis de pancartes aux messages divers. Une bousculade indescriptible régnait sur ce lieu d'habitude plutôt contrôlé et ordonné, sauf en cas d'émeute.

Les officiels regardaient bouche bée le flot continu de visiteurs que crachait le portail. Ils semblaient émerger du néant, toujours en rangs serrés, comme si une multitude derrière eux les pressait de toutes ses forces.

Sous leur poussée, le cordon humain qui les retenait se rompit soudain. Plusieurs petits gris passèrent en piaillant au-dessus des parapets pour s'écraser quelques mètres plus bas, au pied du Mur des Lamentations. D'autres démontrèrent une capacité nouvelle en s'accrochant à la roche millénaire, un peu comme un gecko sur une vitre, et descendirent promptement. Ils bousculèrent quelques hassidim en prière et s'égaillèrent vers les murets entourant le lieu saint. Ils les escaladèrent et disparurent rapidement.

Le Premier ministre se tourna vers son conseiller scientifique et lui demanda :

— Mais qui sont-ils ? Et combien ?

— Je ne peux rien vous dire sur ce qu'ils sont. Nous devrions en avoir quelques-uns sous la main pour nous faire une idée. Quant à leur nombre… Il nous en arrive environ vingt-quatre mille à l'heure, et voilà huit heures que cela dure…

— Mais… cela fait près de deux cent mille !

— En effet.

Le politicien se tourna vers le général qui l'accompagnait et lui murmura quelques mots à l'oreille. L'autre hocha la tête et s'éclipsa. Le groupe d'officiels resta encore quelques minutes à observer la foule grise qui se déversait sur la ville, puis se retira. Dix minutes après leur départ, des tirs d'intimidation retentirent. Des soldats vidèrent les chargeurs de leurs armes, visant le ciel. Les étrangers les plus proches des militaires semblèrent paniqués et se mirent à hurler « Nous venons en paix ! » avant de s'enfuir à quatre pattes dans toutes les directions. Les autres continuèrent imperturbablement leur manège. Un quart d'heure plus tard, quelques 4x4 foncés arrivèrent, bondés d'hommes jeunes à l'allure martiale, les yeux dissimulés derrière d'épaisses lunettes noires. Ils étaient munis de filets, et en quelques minutes, ils capturèrent sans ménagements une demi-douzaine de visiteurs et les emmenèrent.

Dans le monde entier, les Terriens se réveillèrent pour faire face à la nouvelle incroyable : « Nous ne sommes pas seuls ! ». Les images défilaient en boucle sur les écrans : le portail, les petits gris par milliers, les soldats israéliens qui tiraient en l'air… De nombreuses voix s'élevèrent pour condamner un usage disproportionné de la force contre des étrangers pacifiques. Les militaires, en fin d'après-midi, se retirèrent et tentèrent d'établir un nouveau périmètre d'endiguement. Les visiteurs continuaient d'arriver au même rythme. Les habitants les croisaient maintenant dans toute la vieille ville, seuls ou en groupes. Tous, à la vue d'un humain, levaient les mains et s'écriaient :

— Nous venons en paix !

La population eut des réactions mitigées. Certains tentèrent de communiquer, sans grand succès. D'autres offrirent aux arrivants de l'eau, des fruits et légumes, tous bien accueillis et rapidement consommés. D'autres enfin les chassèrent de la voix ou du geste.

Le lendemain matin, une réunion se déroula aux Nations Unies. Les quelques étrangers capturés par les forces de sécurité israéliennes ne s'étaient pas exprimés au-delà de leur message habituel qu'ils étaient capables de réciter sans faute dans au moins une trentaine de langues. Des scans pratiqués sur les prisonniers avaient permis d'examiner leur anatomie interne et de déterminer qu'ils disposaient d'un cerveau un peu plus réduit que celui des humains. Quelques tests avaient démontré qu'ils étaient des omnivores très efficaces. Plusieurs délégués s'offusquèrent du traitement réservé aux visiteurs et exigèrent qu'ils soient remis en liberté.

Deux jours après leur irruption, des petits gris déambulaient sans but dans les rues de Tel-Aviv et de Jaffa, et le lendemain d'autres furent découverts au Caire, cachés dans un camion transportant des oranges. Un chauffeur de bus suspicieux en repéra un à son arrivée à Amman. L'être s'était dissimulé sous les voiles d'un niqab. Les terriens réalisèrent que les visiteurs se camouflaient avec une habileté extrême. Des « chasses aux gris », menées dans les quartiers populaires de plusieurs villes du Moyen-Orient, mirent à jour des centaines d'étrangers planqués dans les recoins les plus improbables des immeubles. La plupart se nourrissaient de déchets, mais beaucoup subsistaient grâce à la charité de certains habitants, lesquels furent pris à partie par leurs voisins moins bien disposés à l'égard des nouveaux venus. Des échauffourées éclatèrent, et pour la première fois, des humains s'en prirent directement aux visiteurs. Ceux-ci ne résistèrent en aucune façon. Ceux qui ne parvinrent pas à s'enfuir se mirent à brailler « Nous venons en paix ! » dans la langue de leurs agresseurs avant d'être roués de coups et dépecés.

Des drones furent envoyés vers la porte qui déversait son flot d'arrivants. Ils passèrent au-dessus de leurs têtes, traversèrent et se retrouvèrent de l'autre côté... survolant l'esplanade des Mosquées. Le portail fonctionnait à sens unique. Des caissons d'acier réalisés à la hâte furent amenés par hélicoptère et descendus devant la brèche. Malgré les précautions prises, nombre de petits gris furent écrasés lors de leur installation et leurs cris pitoyables, dûment enregistrés par les équipes de télévision, émurent et révoltèrent des populations. Plusieurs ONG se formèrent et réclamèrent l'arrêt de ces tentatives et le libre accès de notre monde aux visiteurs. Huit heures après la mise en place du barrage, le portail réapparut à son sommet, et une cascade de petits gris se déversa derechef sur l'esplanade.

Une semaine après l'ouverture, un des nouveaux venus fut repéré à l'aéroport Charles de Gaulle. L'enquête démontra qu'il avait voyagé dissimulé dans un bagage. Deux autres furent découverts à Marseille, descendant d'un cargo, un au Havre et une dizaine à Rotterdam. La brèche continuait à écouler sans discontinuer une foule de nouveaux arrivants et les autorités estimèrent que plus de trois millions de visiteurs erraient désormais à la surface de la Terre. Les populations exigèrent des politiques qu'ils prennent des mesures. Certains groupes de pression demandèrent la destruction du portail, mais d'autres insistèrent pour que les Nations Unies s'occupent des nouveaux venus et leur fournissent un logement décent, des repas et une aide médicale.

Des pasteurs protestants affrétèrent un avion pour amener à Hanovre une centaine de petits gris rescapés des journées d'émeute du Caire. L'association « Solidarité Laïque Globale » ouvrit un centre d'hébergement pour visiteurs d'outre-monde près de Marseille. La Suisse, après une votation, ferma ses frontières aux étrangers.

Plusieurs chercheurs les étudiaient à présent. Un exobiologiste, Lars Magnussen, exposa leurs conclusions aux chefs d'État lors d'une réunion discrète tenue en Espagne :

— Les « petits gris » nous posent problème. Nous n'arrivons pas à déterminer à quel point ils sont intelligents. Ils ne tentent pas de communiquer avec nous, mais sont prompts à prendre avantage de toute brèche qui se manifeste dans nos dispositifs de confinement. Ils semblent capables d'assimiler toute matière organique terrestre : non seulement les fruits et légumes, mais aussi l'herbe, les feuilles, les troncs d'arbres et même leurs racines. Nous en avons nourri un couple rien qu'avec du bambou, et il ne s'en portait pas plus mal. Ils consomment en outre des animaux : petits rongeurs, insectes, escargots… Cette aptitude alimentaire hors du commun paraît due à un cocktail bactérien exceptionnel présent dans leur système digestif. Leur peau est par ailleurs apte à une photosynthèse limitée. Ils peuvent rester au moins trois semaines sans boire ni manger, et reprendre vitalité dès qu'ils ont accès à l'eau et aux matières organiques. Ils transportent les graines d'un végétal rouge à croissance rapide qui semble constituer leur ordinaire, mais s'avère toxique pour toute vie terrestre. Ce sont des hermaphrodites, mais ils pratiquent également une forme de reproduction sexuée. Certains d'entre eux portaient des petits au moment où ils ont franchi le portail, et ceux-ci sont venus au monde. Comme le montre cette photo, ils ressemblent à des salamandres, capables de se débrouiller pour trouver abri et nourriture dès leur naissance. Une portée compte une douzaine d'individus extrêmement voraces, et ils peuvent mettre bas tous les deux mois…

Cette révélation déclencha un brouhaha dans la salle. Tous les participants avaient immédiatement compris ses implications. Le discours de l'intervenant suivant causa encore plus de remous. Le général Li Peng, rapporteur du groupe d'experts militaires, mit les pieds dans le plat.

— Nous avons analysé le comportement des petits gris. L'installation du portail et son déplacement ultérieur indiquent une technologie avancée. Les visiteurs se sont exprimés dans les langues locales dès leur arrivée, ce qui signifie qu'ils avaient effectué des repérages et développé une stratégie. L'emplacement de leur tête de pont nous paraît défini avec soin. Cet endroit sacré pour les trois principales religions monothéistes de la planète, situé dans une zone où tout mouvement peut créer des ondes de choc redoutables, fut choisi pour que notre réaction soit retardée autant que possible. Il permet de plus d'accéder par voie terrestre aux masses continentales majeures : Europe, Afrique et Asie, ce qui facilite la dispersion des petits gris qui s'abstiennent de communiquer une fois capturés. Ils se comportent de toute évidence comme les soldats d'une armée d'invasion.

Les politiques refusèrent pendant des semaines d'accepter ces conclusions, car ils auraient alors dû agir en conséquence et déplaire à une part importante de leur électorat. Les visiteurs se disséminèrent sur la planète et y firent souche. Ils se dissimulaient de jour et pillaient de nuit les champs et les vergers avec plus d'efficacité que des nuages de sauterelles. Au bout d'un mois, les militaires reçurent mission d'ouvrir le feu sur les arrivants dès leur sortie du portail. Mais cette décision radicale venait trop tard. Le dernier humain mourut de faim trente ans plus tard sur un monde ravagé et surpeuplé de petits gris, lesquels entourèrent gentiment l'agonisant en murmurant :

— Nous venons en paix !

Perfection
Eva Quermat

Ils ont encore touché au thermostat, pensai-je alors que mes joues écarlates commençaient à être douloureuses. Encore cette soi-disant hypersensibilité qui me jouait des tours. Foutue société qui met des mots sur les maux sans les panser. Ce furent mes pensées lorsque je me levai de mon vieux fauteuil pour aller couper ce maudit chauffage, non sans essuyer des regards dont l'agressivité m'atteignit moins que la chaleur ambiante. Alors que je m'apprêtai à regagner ma place au milieu de cet open-space où s'affairaient une vingtaine de personnes sous une lumière digne d'un bloc opératoire qui brûlait mes rétines, une sonnerie stridente brutalisa mes tympans. Ces petites fourmis attrapèrent leurs affaires, et dans un désordre organisé elles rejoignirent le point de rassemblement, comme le prévoyait le plan qui ornait tous les bureaux et couloirs de cet immeuble de dix étages dans lequel je travaillais depuis maintenant huit ans.

Des exercices d'évacuation, nous en avions l'habitude dans cette entreprise de recherches scientifiques au service de sécurité dont l'ennui entrainait un excès de zèle. Jean-Jacques, mon pote du cinquième, lui aussi doté d'une de ces fameuses reconnaissances de travailleur handicapé, arriva comme toujours après tout le monde. Dans son carrosse usé par les frottements, il marmonna qu'il n'avait pas besoin d'aide, encore un peu humilié d'avoir été porté dans les escaliers.

— Salut, Rérème ! Tu sais pourquoi ils nous emmerdent cette fois ?

C'est ainsi que s'amorça une de nos nombreuses conversations où je répondais vaguement ne pas détenir d'informations sur le sujet, alors que j'étais le seul à savoir ce qui se tramait dans cette boîte. Rérème était mon surnom. Mes parents ne m'avaient donné aucune chance dans la vie : un prénom étrange, Rémalguan ; un physique ridicule, une forme de grande saucisse selon mes camarades scolaires ; et cette hypersensibilité sensorielle qui me rendait lourdingue pour quiconque partageait un espace avec moi.

J'avais réussi à obtenir un doctorat et à me faire embaucher chez Handitech. Une société anonyme simplifiée supposée développer des technologies pour handicapés, mais dont le laboratoire secret abritait des recherches de technologies militaires non conventionnelles. À mon arrivée je voulais révolutionner le monde, aider ceux qui en avaient besoin, et mettre mes compétences au profit des autres. Puis j'avais découvert que nous n'étions même pas deux pourcent de travailleurs handicapés, et que les études menées ici n'aboutissaient qu'à des matériels onéreux réservés à ceux qui avaient les moyens de se les offrir. J'avais pu aussi découvrir que les adultes ne différaient pas tellement des enfants, face à la différence ils ne connaissaient souvent pas d'autres solutions que la violence verbale, la mise à l'écart, le mépris et le rabaissement.

Au bord du burn-out, après seulement trois mois de présence, j'avais demandé un temps partiel. Reçu par les ressources humaines, j'avais dû répondre à un interrogatoire digne d'un procès pour meurtre avec préméditation. Il semblait que je dérangeais continuellement mes collègues de travail en imposant des contraintes, et que par conséquent ma mise à l'écart se justifiait amplement. Si je n'étais pas capable de m'adapter à mon environnement de travail, il était peut-être préférable que je trouve une solution de mon côté. On ne pouvait tout de même pas imposer aux autres mes conditions. Ce que j'appelais des nuisances visuelles, olfactives ou encore sonores, ne dérangeaient en rien les dix-neuf autres. C'était forcément moi le problème. Comprenant que je ne pourrais jamais parvenir à expliquer le principe du handicap à des murs, j'avais préféré déposer ma démission.

Je savourais tranquillement le calme réfrigéré de mon appartement cosy, quand le harcèlement avait commencé. Mon ancien chef, celui qui m'envoyait poliment balader lorsque je l'alertais sur les problèmes que je rencontrais, n'avait de cesse de m'appeler et de me laisser des messages vocaux pour que je revienne travailler. Il avait absolument besoin que je continue une recherche que j'avais en cours qui devait permettre de solutionner un problème technique dans une découverte majeure. J'avais cédé au bout d'une semaine et uniquement après avoir obtenu un salaire à cinq chiffres, accompagné d'un bureau individuel.

Je l'avais enfin, mon espace de travail adapté à ma situation, un cagibi au sous-sol sans chauffage et éclairé par une vieille lampe de bureau à l'abat-jour délavé et poussiéreux. Je réfléchissais sans relâche pour justifier ma rémunération et mes demandes rocambolesques. Il était hors de question que je retourne au milieu des fauves, où je me sentais encore plus seul qu'ici. Alors que j'avais passé quasiment quarante-huit heures dans mon vieux fauteuil aux ressorts aplatis, on était venu me chercher parce qu'il voulait me voir.

On m'avait bousculé de pièce en pièce. J'étais escorté, par des militaires armés et cagoulés, dans ce labyrinthe infernal dans lequel je me sentais incapable de retrouver la sortie. On m'avait fait signer des tas de documents en insistant sur les peines de prison encourues si je divulguais un seul mot sur ce que j'allais voir, et en moins d'une heure j'étais affublé d'une blouse blanche sur un uniforme tout aussi immaculé. On me confia un badge me permettant de naviguer dans ce réseau de tunnels aux portes blindées, et un bloc-notes vierge remplaçant tous mes effets personnels qui m'avaient été retirés pour être placés dans un casier à l'entrée.

C'est ainsi que je l'avais rencontré. Il n'avait pas pris la peine de se présenter, me faisant ainsi comprendre que ma présence ici n'était due qu'à la nécessité de recourir à mes recherches. Ma personnalité, et mon identité, n'étaient d'aucune importance. J'avais l'habitude des regards sur mes bras trop longs, mon corps trop fin, mon visage recouvert de ces tâches rouges que plusieurs crèmes vertes ne parvenaient pas à camoufler, aussi je comprenais aisément qu'il évitait tout contact visuel entre nous, par respect. Je me trouvais presque beau à côté de lui. Je n'avais posé les yeux que quelques secondes sur son visage, le temps de le saluer, mais cela m'avait suffi à avoir assez d'images en tête pour en faire des cauchemars pendant des semaines. Il lui manquait un œil, qu'il n'avait pas pris la peine de remplacer par une prothèse. La moitié droite de son visage, qui abritait son œil valide, était couverte de cratères, possiblement dus à des brûlures sévères. Son crâne était complètement rasé, laissant ainsi apparaître de nombreuses cicatrices circulaires. La bosse sur son dos semblait l'obliger à marcher en boîtant, ou alors était-ce un problème que je ne voyais pas sous son uniforme identique au mien.

Nous avions collaboré quelques mois avant qu'il ne se décide à me dévoiler la vérité sur son projet. Pourquoi m'avait-il fait confiance ? Probablement parce que nous partagions cette haine envers le monde qui nous entourait et qui nous était hostile à cause de notre différence. Lui aussi il avait commencé par travailler au quatrième, avec la populace, comme il l'appelait. Mais sa présence mettait mal à l'aise, en particulier la gente féminine qui trouvait qu'il avait un regard pervers. En plus, il était difficile de trouver un fauteuil dont le dossier s'abaissait assez pour pouvoir accueillir sa bosse. Le président avait ordonné à son chef de gérer la situation. Il ne l'avait pas embauché pour son physique, il avait besoin de ses compétences pour son laboratoire. Il fallait seulement attendre les résultats de l'enquête de sécurité pour le coller au sous-sol au milieu des expériences dissimulées.

Évidemment, on lui avait donné les moyens de mener à bien ses missions, tout en lui permettant de travailler en solo. De toute façon, il aurait fallu verser de trop gros salaires pour que les gens acceptent de se terrer avec lui à la cave. Moi je m'y plaisais. La luminosité était suffisante pour travailler sans vous donner des migraines, la température permettait de supporter l'uniforme sans avoir ni trop chaud ni trop froid. À cela s'ajoutait l'absence de brouhaha insignifiant dont les bribes de phrases audibles étaient tout aussi futiles que les personnes qui les prononçaient. Un environnement parfait pour de ne pas perdre le fil de ses pensées, et donc être plus productif. Sirotant un soda amplement mérité en engloutissant une pizza fraîchement livrée, nous contemplâmes le fruit de notre dur labeur. Dix gros cylindres transparents remplis d'un liquide amniotique de synthèse d'une couleur verte faisant penser à ces tubes fluorescents que l'on craque lors des fêtes, que je n'avais jamais pu voir ailleurs qu'à la télévision. Ils abritaient des embryons encore difformes, mais prometteurs puisqu'ils avaient entamé leur croissance. Nous étions sur le point de créer une arme redoutable, aux frais d'une société qui pensait que nous lui fabriquions des balles dotées d'un explosif déclenchable à distance. Ce qui était le cas, en y repensant. Nous planchions également sur ce sujet. Mais ces balles nous les réservions à nos soldats invincibles, qui ne serviraient que notre soif de dominer ce monde pour le rendre meilleur.

  Je n'étais pas sorti du laboratoire depuis des jours lorsque nous avions reçu un appel du big boss qui voulait me voir travailler au quatrième. Quelqu'un avait lancé des rumeurs sur le laboratoire secret, et je devais me mêler au peuple pour démasquer la taupe. Voilà comment je m'étais retrouvé à faire des heures de jours avec un troupeau de dindes entichées des deux coqs de la basse-cour, et des heures de nuit avec le sosie de Frankenstein. J'attendais impatiemment que les invulnérables parfaits, nous n'avions pas trouvé de nom plus original à notre création, atteignent l'âge adulte pour pouvoir les sortir de leurs éprouvettes géantes et vérifier leur viabilité. Et l'attente fut de courte durée, en à peine plus d'un mois ils furent debout devant nous, au garde-à-vous en attendant les ordres. Nous avions donc réussi à programmer leurs cerveaux, pourtant quasiment humains. Malgré leurs corps longs et fins, probablement du fait de l'utilisation d'une séquence de mes gênes pour compléter leur ADN, leur force était incommensurable. Ils résistaient aux balles, ils entendaient les conversations jusqu'au deuxième étage depuis leur chambre aménagée à côté de leur lieu de naissance, et ils étaient capables de communiquer dans un langage codé que nous avions inventé, un petit détail dont nous n'étions pas peu fiers.

J'avais fini par dégoter la fameuse commère à l'origine des rumeurs sur le laboratoire. Une énorme bonne femme qui passait ses journées à s'empiffrer en cachette, et qui ne parvenait à se sociabiliser qu'en détenant des informations juteuses qu'elle divulguait au compte-goutte, uniquement lorsqu'elle était conviée à une pause-café ou déjeuner. Elle savait bien pourtant que les autres se rejoignaient le soir pour s'envoyer des bières au troquet d'en face en se moquant d'elle, qui rentrait seule dans son deux pièces habité par des chats. Mais ce besoin d'être intégrée à cette équipe d'hypocrites était plus fort que sa raison. Sans scrupules, je l'avais dénoncée, et avais ainsi amorcé son renvoi immédiat pour faute grave. Mes insomnies coupables m'avaient porté à lui envoyer des fleurs et des chocolats avec une carte feignant un soutien moral dans cette épreuve. Sa réponse, me vantant un nouveau départ dans une entreprise à taille humaine qui savait apprécier ses qualités, m'avait retiré ce poids que je me trimballais sur la conscience, et j'avais enfin pu passer une nuit paisible.

J'étais toutefois forcé de travailler à temps partiel dans l'arène, pour vérifier que les rumeurs étaient bien éteintes, et que personne n'enquêtait sur les activités illicites. J'allais à la cantine avec Jean-Jacques tous les midis, avant de retrouver le professeur Roussel et les parfaits pour peaufiner leur entraînement et notre stratégie pour prendre les commandes du pays. Nous verrions comment agrandir notre territoire par la suite, comme Rome ne s'était pas construite en un jour, nous n'envisagions pas de nous accaparer la planète d'un seul coup. Deux de nos êtres masculins furent placés sous mon commandement, leur rôle étant de reproduire des embryons pour de nouveaux soldats, tandis que les autres furent entraînés par le professeur. Nous réussîmes à leur transmettre nos intelligences. Les élèves, surpassant leurs maîtres, trouvèrent la formule pour modéliser un embryon féminin de leur race. Ainsi ils furent en capacité de se reproduire naturellement, sans user de substances dont le prix commençait à poser des questions d'utilisation du budget, et donc le risque de voir quelqu'un débarquer dans notre antre.

Fiers, nous contemplâmes le fruit de nos quatre années de collaboration : la naissance naturelle d'un parfait après seulement un mois de gestation. Nous étions prêts à dominer ce monde ingrat qui ne voulait pas de nous. Une armée de cinquante parfaits, neuf individus féminins en gestation, des balles de calibre 68 dotées de bombes miniatures aux explosifs puissants se déclenchant à l'impact, et un plan stratégique sans faille. Si, une : notre stupidité n'ayant d'égale que notre avidité. Nous avions donné à un peuple quasiment invincible les moyens de prendre pleinement possession de la planète, et ils n'avaient plus besoin de nous pour cela.

Utilisant Roussel en bouclier, je réussis à m'extirper du sous-sol. Leur méconnaissance du monde extérieur était ma seule chance de m'en sortir. Je savais que leur intelligence leur permettrait de s'adapter en quelques heures, je devais donc prévenir le gouvernement de la menace qui pesait sur le pays. Il n'était peut-être pas trop tard pour trouver un moyen de les vaincre. Ce fut seulement après le massacre de l'ensemble des personnes présentes dans les locaux d'Handitech que les autorités commencèrent à me prendre au sérieux. Ils lancèrent une évacuation de la ville et sortirent les grands moyens pour venir à bout des parfaits : des missiles puissants dont l'évaluation des dommages collatéraux auraient dû empêcher l'utilisation.

Puis je compris le sort qui m'était réservé. Étant tenu pour responsable de cette menace, j'allais devoir passer le restant de mes jours dans un environnement bien plus hostile que le quatrième étage d'une entreprise moderne. Je ne saurais expliquer comment je réussis à échapper aux forces de l'ordre, probablement parce qu'au milieu du chaos ambiant il était difficile de surveiller tout le monde, toujours est-il que je leur faussai compagnie. Je n'avais plus qu'un seul objectif en tête : parvenir à contacter les parfaits pour les évacuer de la ville et leur éviter une mort quasi certaine. Si je les sauvais, peut-être accepteraient-ils de me garder avec eux. Après tout c'était moi qui les avais créés, et je pouvais leur être utile.

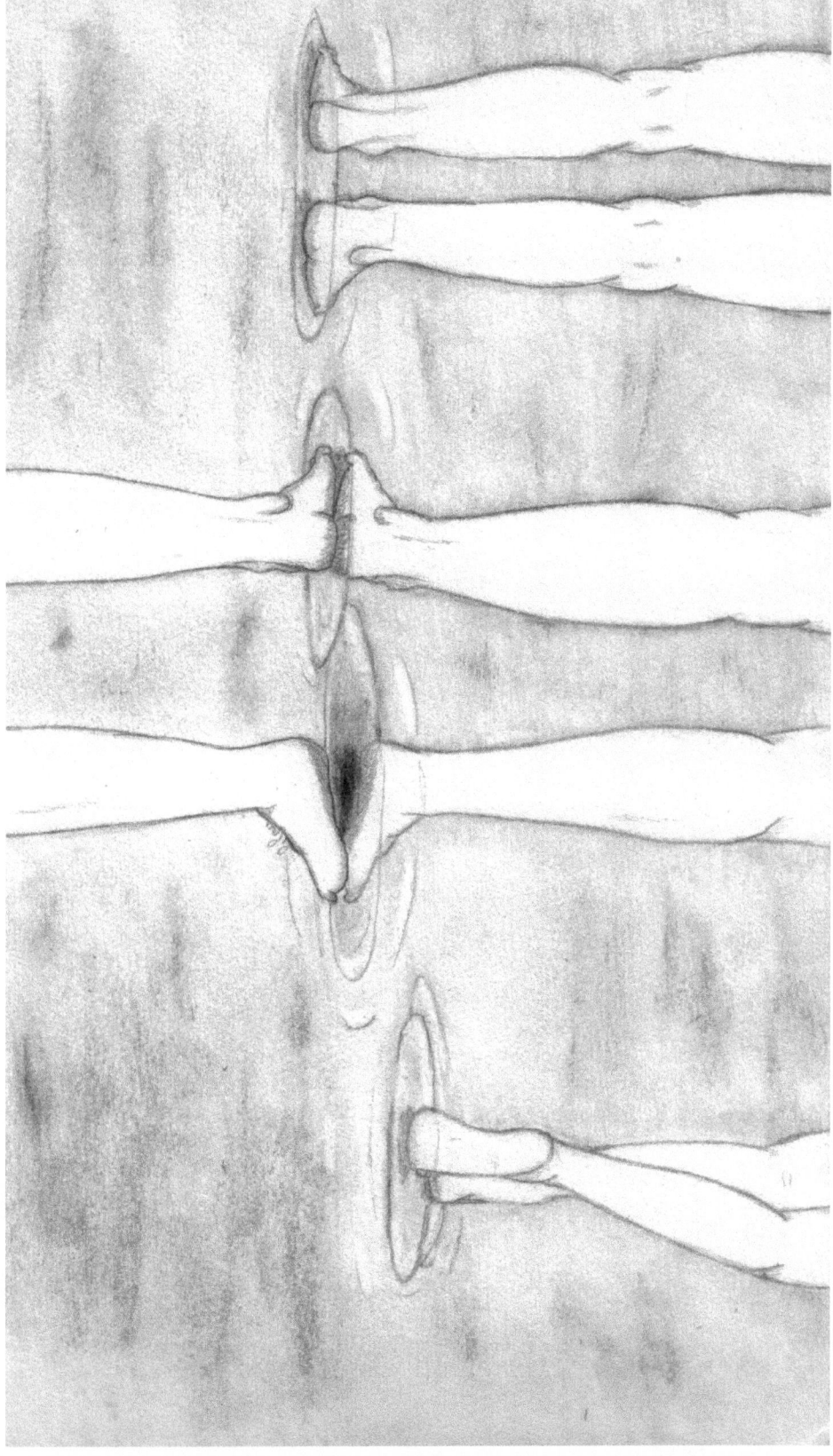

Amour, pouvoir ou vérité ?

Louise Sbretana

Ce qui étonna en premier Diago lorsqu'il entra dans le vaisseau Fuyant fut la lumière. Il y en avait de partout, douce et diffuse, répartie de telle sorte que rien ne projetât une ombre. Diago regarda à ses pieds, devant et derrière lui. Aucune zone noire ou grise. De même, les moindres parties du sas, chaque recoin de gaine ou anfractuosité étaient éclairés. L'intercom de sa combinaison grésilla, Charline s'inquiétait.

— Capitaine, vous allez bien ? demanda-t-elle.

— Oui, aucune résistance pour le moment, répondit-il. La structure des couloirs indique que les Fuyants sont d'une taille à peu près similaire à la nôtre, je progresse facilement. Seule particularité : l'intérieur semble recouvert d'un revêtement photoluminescent. L'air est respirable, aucun agent pathogène détecté. J'entre dans l'habitacle.

La clarté dans cette pièce était tout aussi omniprésente, mais plus puissante. Diago plissa des yeux. Il distingua un individu sur un siège incliné, entouré d'un fatras d'appareils inconnus qui devaient contrôler la navigation du vaisseau ainsi que sa furtivité. Ce fut une nouvelle surprise. Diago ne s'attendait pas à ce que le Fuyant fût d'une espèce anthropomorphique. Le Fuyant avait un corps des plus communs, c'était, apparemment, un homme ordinaire. Diago lâcha un soupir, entre déception et soulagement.

La flotte spatiale des colonies humaines courait depuis un siècle après ces vaisseaux sans jamais parvenir à s'en approcher ni à établir un contact. Les Fuyants, comme on les avait appelés, semblaient toujours deviner la trajectoire des intercepteurs. Leur technologie devait être bien supérieure pour arriver à esquiver les tentatives d'accostage. Les scientifiques avaient émis l'hypothèse que c'était une race plus évoluée qui refusait de communiquer soit pour éviter d'interférer avec l'histoire humaine, soit à cause d'une incompatibilité biologique. Les Fuyants étaient trop différents, ils pouvaient être une famille de pieuvres télépathes, une colonie de nano-fourmis dotées d'un esprit commun ou bien une sorte de gaz pensant. En tout cas, quoiqu'ils fussent, ces êtres inconnus restaient à distance pour collecter des informations, étudier l'humanité ou préparer une guerre. La menace d'une invasion galactique par une intelligence belliqueuse avait toujours été prise très au sérieux.

Rien de tout cela. Ce n'était qu'un homme qui gisait là, inconscient.

Charline et Diago avaient eu de la chance de patrouiller dans le coin à ce moment. Le vaisseau avait dû subir une avarie, ils étaient tombés dessus à l'arrêt.

Le capitaine posa une main sur le Fuyant immobile et enclencha une analyse ADN. Les capteurs intégrés aux gants de sa combinaison séquencèrent rapidement le spécimen, il n'y avait rien d'inconnu.

— Charline, tu m'entends ?

— Oui.

— Je suis devant le Fuyant.

— Il ressemble à quoi ?

— Tu ne vas pas me croire. Le scan est formel.

— Oui, je viens de recevoir les résultats. Pas croyable, c'est un humain !

— Toujours aucun agent pathogène détecté. Je le ramène chez nous. Prépare une couchette et le médic-scan. Et surtout, silence radio. »

*

Revenu dans l'intercepteur, Diago déposa le Fuyant sur la couchette. Charline plaça des capteurs sur sa tête son torse et lança un diagnostic. Diago recula, prêt à dégainer en cas de danger.

Charline lut les premiers résultats. Le Fuyant n'était pas blessé. Selon le médic-scan, il était juste endormi. L'analyse de ses ondes cérébrales indiquait qu'il était en phase de rêve actif.

— Capitaine, vous ne voulez pas appeler le Haut Commandement maintenant ?

— Non, répondit Diago, on n'en sait pas encore assez.

— Il n'est porteur d'aucun virus ou maladie. Il semble parfaitement humain.

— On va tout de même le confiner dans une cellule, pour éviter des mauvaises surprises à son réveil.

Comme s'il avait pu entendre Diago, le Fuyant ouvrit les yeux. Il s'assit sur la couchette. Son regard détailla les lieux et, pris de panique, il se recroquevilla dans un coin. Il paraissait être moins étonné de voir les deux humains qu'angoissé par des choses partout dans la pièce. Charline s'approcha doucement de lui et posa une main sur son épaule, le Fuyant semblait apeuré et totalement inoffensif.

— Ne vous inquiétez pas, dit-elle d'un ton rassurant, nous ne vous voulons aucun mal.

Le regard du Fuyant ne cessait de scruter la cabine, ses yeux sautaient d'épouvante, il était terrorisé.

— Ce n'est pas nous qui l'effrayons, comprit Diago. Il n'y a pas assez de lumière ici. Je crois qu'il a peur des ombres. Il n'y en a aucune dans son vaisseau.

— Oui, c'est exactement ça, dit le Fuyant.

— Vous parler notre langue ? s'étonna Charline. Calmez-vous, respirez lentement. Prenez votre temps.

— Charline, recule-toi ! Lieutenante, c'est un ordre !

Diago, thermo-phaser au poing, visait le Fuyant. Il était prêt à le dézinguer sur-le-champ.

— Pour quelles puissances étrangères travaillez-vous ? L'Union Pan Asiatique Martienne ? Les Démocraties Écologiques de la grande ceinture d'astéroïdes ? Répondez ou je vous dérouille sans sommation !

— Je répondrai à toutes vos questions, consentit le Fuyant, mais par pitié, ne restons pas là. Ramenez-moi dans mon vaisseau, je vous en conjure.

Charline passa des menottes autour des poignets du suppliant.

— Si on veut en savoir plus, proposa-t-elle, ce n'est pas ici qu'on trouvera des réponses, mon Capitaine.

— Oui, tu as raison. C'est d'accord, on va discuter dans la lumière. Et toi, tu vas nous expliquer comment fonctionne ton vaisseau. Au moindre faux pas, je te jure, je te bute illico, compris ?

Le Fuyant hocha de la tête en signe d'approbation. Il se leva, Diago marchait derrière lui. Charline prit quelques affaires, la trousse de secours et les suivit. Ils pénétrèrent ensemble dans l'habitacle sans une ombre.

Visiblement, le Fuyant allait mieux en pleine lumière. Charline laissa Diago mener l'interrogatoire.

— Alors ?

— Ceci, commença le prisonnier en désignant le siège, est un système d'écoute à distance. Il permet d'espionner n'importe qui, à des dizaines d'années-lumière et sans se déplacer.

— Comment ça marche ?

— Neuro-connexion par inversion de phase photonique.

— Jamais entendu parler.

— Si vous voulez, on peut faire un essai. Y a-t-il quelqu'un que vous n'avez pas vu depuis longtemps et que vous voudriez revoir ?

— Ma femme, Clarisse ?

— Il me faut juste un support. Un objet qui se rapporte à elle.

Diago ouvrit une poche de sa combinaison. Il donna au Fuyant une photo de sa femme qu'il portait en permanence sur lui.

— Bon, j'y vais, j'essaye, décida le capitaine en prenant place sur le siège. Charline, tiens, mon arme. À la moindre entourloupe, tu n'hésites pas, compris ?

— Compris, oui, je le surveille, répondit-elle. Et toi fais attention, sois prudent, Diago.

— Il n'y aura aucun problème, dit le Fuyant en plaçant la photo dans une boîte à côté du siège. Il se réveillera juste avec un gros mal de crâne, c'est normal la première fois. Je vais régler le voyage pour qu'il ne soit pas trop profond. Il y a toujours un risque d'absorption si vous y restez trop longtemps.

— Un risque de quoi ? s'inquiéta Diago.

Trop tard, le Fuyant avait mis en route la machine. Diago eut un vertige soudain, il se sentit comme aspiré, puis projeté très loin. Il perdit connaissance.

*

Diago revint à lui, complètement désorienté. Il avait du mal à comprendre ce qu'il regardait, ou plutôt d'où il le regardait. Il était aux pieds de sa femme, c'était bien elle, pas de doute, mais il l'observait comme à travers une caméra à ras de terre, en contre-plongée. Et l'image n'était pas stable, l'angle de vue bougeait de manière brusque, apparemment illogique, virant soudain à droite ou à gauche, fixe un moment puis virevoltant d'un coup autour de Clarisse.

Le capitaine se ressaisit, il devait y avoir une raison. Il réfléchit.

Puis, se rappelant la peur du Fuyant, Diago comprit. Cela expliquait tout, le point de vue par en bas, les mouvements tournoyants de son champ de vision : il était dans l'ombre de sa femme. C'était comme cela que les Fuyants espionnaient les hommes !

Un phénomène étrange était aussi que Diago n'avait pas perdu le sens du toucher. Il percevait le contact et la matérialité des choses sur lesquelles l'ombre de sa femme glissait. Le sol était froid et rugueux, puis cela devint soyeux. Il sentit la peau, si douce et chaude, de sa femme lorsqu'une portion du corps de Clarisse projeta son ombre sur une autre partie d'elle. Il était l'ombre de son buste sur la peau de ses cuisses, c'était délicieux. La sensation procura à Diago une félicité intense et charnelle. Puis les images tournoyèrent, sensation de draps froissés, et il commença à se poser des questions. Clarisse était donc nue ? Que faisait-elle dans son lit ?

Le toucher devint moins agréable, toujours chaud, mais poilu. Il contempla les seins de sa femme se balancer, gonflés de désir. Il voyait le cou de Clarisse rougir et son visage se tordre de plaisir. Sa femme était en train de le tromper, il était son ombre en va-et-vient sur le torse de son amant.

Diago était dégoûté. Une nausée puissante l'emporta.

Il se releva du siège et vomit dans la lumière. Il attrapa le Fuyant, il aurait pu l'étrangler si Charline ne lui avait pas injecté une dose de calmant.

— Heureusement que j'avais tout prévu, dit la lieutenante.

*

Lorsque Diago émergea, il était sur sa couchette dans l'intercepteur. Il se traîna jusqu'au poste de commande. Il resta un long moment, pensif et reniflant, ravalant son orgueil et son chagrin, devant l'appareil de communication. Il prit une décision. Il ne toucha à rien.

Il revint dans le vaisseau ennemi. Le Fuyant était toujours là, assis seul à côté du fauteuil maudit, les mains attachées.

— Je voulais envoyer deux messages, dit Diago d'une voix pâteuse qui trahissait son accablement. Un message au Haut Commandement et l'autre à ma femme. Pour faire part de notre découverte sur votre technologie d'espionnage et pour demander le divorce. Mais j'ai bien réfléchi...

Charline entra dans l'habitacle et tendit une tasse de café.

— Tiens, bois ça. Tu as une mine terrible.

— Merci.

Diago but quelques gorgées avant de reprendre.

— Je n'enverrai pas ces messages. L'humanité n'est pas prête pour ce pouvoir. Celui qui aurait cette technologie bénéficierait d'un avantage énorme, mais chacun voudra l'utiliser pour des fins personnelles et égoïstes. La paix, la prospérité en pâtiraient, cet espionnage nous conduirait à la tyrannie ou à la guerre civile. Nous serions tous suspects et nous n'aurions plus rien à cacher, aucun secret et parfois, il vaut mieux ne pas tout savoir. Le mensonge a du bon, je crois, en certaines occasions. D'ailleurs, en ce qui concerne ma femme, euh... Ma femme. Charline ? Qu'est-ce que... tu m'as fait... boire ?

Elle le rattrapa avant que ses jambes ne le lâchent complètement et l'accompagna au sol. Diago tomba inconscient, affalé dans un coin de l'habitacle.

Le Fuyant dévisagea Charline avec un brin de malice.

— Heureusement que vous aviez tout prévu, Lieutenante.

— Je peux vous laisser partir, répondit la jeune femme, si on conclut un marché.

— Que voulez-vous, Charline ? Que voulez-vous vraiment ?

— Le pouvoir et la vérité ne m'intéressent pas. Ce que je veux ?

Ce que je veux, en fait, susurra-t-elle en caressant les cheveux de Diago, c'est être avec lui. Qu'on reste ensemble, pour toujours.

— Aucun problème.

— Et il faudra que ça ressemble à un accident.

— Une collision avec un astéroïde, ça vous va ?

— Marché conclu.

Charline enleva les menottes du Fuyant et l'aida à allonger le capitaine sur le siège. Avec les ciseaux de la trousse médicale, elle se coupa les cheveux. Le Fuyant plaça la mèche dans le boîtier et il régla la machine au maximum.

Le corps de Diago disparut : il avait été absorbé.

*

Quinze mois plus tard, Charline sonnait à la porte de Clarisse. L'ancienne pilote était déjà venue dans le quartier quelques jours avant, pour repérer le soleil. Elle tenait à ce que son ombre ne touchât point la veuve de Diago. La porte s'entrouvrit.

— Bonjour, madame, je suis Charline. J'étais la coéquipière de votre mari, sa lieutenante. J'étais à bord au moment de l'impact avec l'astéroïde. Je voulais vous présenter mes plus sincères condoléances.

Clarisse n'eut pas trop à se forcer pour paraître désolée. Dans l'accident, la rescapée avait perdu une jambe et une partie de son visage était atrocement brûlée.

— Ah, ça... dit-elle en faisant bouger sa prothèse. Ce n'est rien. L'essentiel est toujours là, je suis en vie.

La veuve ne savait pas quoi répondre. Visiblement, elle était gênée. Elle ne tenait pas à ouvrir la porte en grand. Charline était arrivée au pire moment, l'amant attendait dans le salon.

— En tout cas, je tenais à vous dire que Diago était un capitaine exceptionnel et sans doute un mari exemplaire. Il pensait à vous souvent. Je suis sûre qu'il nous regarde en ce moment. Il nous entend de là où il est à présent.

  La femme de Diago leva les yeux au ciel, la lieutenante baissa les siens à terre. Diago, qui voyait tout depuis l'ombre de Charline, savourait-il cette vengeance ?

Jeux de miroir

Nathalie Williams

Les gens autour de moi m'énervent. J'ai entendu dire qu'on trouve quelqu'un pénible parce qu'il nous rappelle nous-mêmes. Aucune chance ! Je suis désolée mais je suis absolument sûre de ne rien avoir en commun avec les autres, tous les autres… Pourtant, aujourd'hui j'ai tenté de communiquer. J'aurais dû le savoir que c'était une mauvaise idée, mais je l'ai fait ; je me suis inscrite à un cours de théâtre… Je ne sais pas trop ce qui m'a pris, je ne suis pas même pas fan des planches, au contraire, je suis plutôt série télé, tranquille, chez moi, seule… C'est la faute de cette annonce que j'ai vue dans mon supermarché où je vais toutes les semaines. Il ne livre pas, sinon ça ferait longtemps que je ne sortirais plus de chez moi, mais il a des caisses automatiques alors ça limite pas mal la conversation, sauf quand les machines ne marchent plus, ce qui arrive trop souvent… Et c'est sur un de ces maudits appareils encore en panne que j'ai vu l'annonce : « Vous en avez marre de vos éternelles soirées télé, vous ressentez le besoin d'une expérience nouvelle et enrichissante, vous avez envie de vous exprimer, nos cours de théâtre sont faits pour vous ». Je n'en avais pas vraiment *marre* de mes soirées télé et si je cherchais à exprimer quelque chose, c'était mon incompréhension de ce bas monde. Je n'étais pas sûre que les autres aient envie de voir ça, mais ça m'a quand même titillé suffisamment pour que je note le numéro de téléphone et que j'appelle le gars.

Quand je suis arrivée au théâtre, j'ai tout de suite compris que j'avais fait une erreur, mais je n'ai pas eu le courage de partir. Franchement, qu'est-ce que je pouvais avoir en commun avec des gens qui avaient tous au moins trente ou quarante ans de plus que moi ? Sûre, j'allais faire baisser la moyenne d'âge du groupe, mais je n'étais pas venue là pour ça. Je me suis dit que c'était juste une perte de temps, un après-midi de moins devant la télé ! J'espérais que je n'avais pas déjà signé un enrôlement obligatoire comme dans l'armée et que je n'étais pas engagée à vie avec eux… J'ai bien dit au prof que j'étais là pour un cours d'essai et il m'a répondu qu'il n'y avait pas de problème. Malgré ça, j'ai dû signer tout un tas de papiers, ce que je n'aime pas faire, surtout quand je ne comprends pas tout ce qui est écrit dessus. Mais je n'avais pas envie d'y passer trop de temps parce que je ne voulais pas finir tard, alors je n'ai presque rien lu.

Nous avons fait les présentations et des jeux pour bien se souvenir du nom de tout le monde. Je partais avec un handicap parce qu'ils s'étaient tous déjà vus avant et surtout parce que je m'en foutais… Et puis, on a fait quelques exercices d'improvisation, je n'ai pas compris grand-chose, juste que je n'avais pas besoin de connaître le nom des gens pour ça vu qu'il fallait leur inventer un personnage complètement différent du leur. Du coup je ne comprenais vraiment pas pourquoi le prof avait tant insisté au début… Puis le prof a voulu nous faire faire un exercice de mime, il fallait se mettre en face d'une personne et répéter tous les gestes de l'autre, comme dans un miroir. Apparemment, le but était d'apprendre à mieux comprendre l'autre pour mieux interagir ensemble, du pipeau ! Je n'en avais aucune envie, d'autant plus que je me suis retrouvée face à une bonne femme qui portait une longue jupe rose à fleurs jaunes introuvable dans tout magasin de vêtements digne de ce nom. La personne a commencé à faire des gestes et j'ai essayé de les imiter plutôt en mal qu'en bien. Puis ça a été mon tour, j'ai fait deux-trois mouvements de jambes parce que j'avais le prof qui me regardait et elle les a faits tout pareil. Je dois avouer qu'elle était bien meilleure que moi mais je m'en foutais. Après quelques minutes, j'ai cru que mon calvaire était fini, mais non ! Le prof nous a fait changer de partenaire pour qu'on comprenne mieux, la poisse ! Je n'avais pas besoin de plus d'une personne pour appréhender pleinement mon indifférence mais je n'avais pas le choix. Alors, j'ai continué, et j'ai vite regretté la longue jupe rose parce que ce n'était rien à côté des aisselles puantes de ma nouvelle partenaire...

La troisième personne était toute petite alors ce fut un soulagement, je n'avais pas d'aisselles à sentir, mais c'était une pile électrique qui bougeait partout et je n'ai rien pu suivre du tout.

À la quatrième, j'ai craqué, j'ai prétexté une envie très pressante et j'ai couru aux toilettes avant qu'on me l'interdise. Là, j'ai attendu suffisamment longtemps pour que l'exercice s'achève, et quand je suis revenue, ils étaient tous assis en rond autour du prof. Il était en train de raconter des trucs sur l'autre et la réflexion de soi-même... J'étais contente d'avoir tout manqué. C'était enfin l'heure, et le prof s'est arrêté de parler, ou presque. Il m'a demandé si je pensais revenir. J'ai menti : j'ai dit que j'allais y penser...

Je suis partie sans demander mon reste, mais j'ai quand même dit « au revoir » parce qu'il ne faut pas croire que je ne sois pas une personne polie. Et ils m'ont tous salué. Je suis sortie et mes partenaires de mime « la jupe longue, Madame les aisselles et la petite pile électrique » aussi. J'ai tourné à gauche, elles ont tourné à gauche avec moi. Je me suis tournée vers elles et elles se sont tournées vers moi. J'ai demandé, sans plaisanter :

— Vous allez où ?

Et elles ont toutes répété sur le même ton, sans plaisanter non plus :

— Vous allez où ?

Je ne comprenais pas bien ce qui se passait mais je suis restée calme et ai quand même répondu à ce que pensais être leur question.

— Par là ! ai-je dit en désignant le bout de la rue avec ma main gauche.

— Par là ! ont-elles rétorqué en désignant le même bout de la rue avec leur main droite.

Cette fois-ci, j'ai paniqué.

— C'est une plaisanterie ? Le jeu est fini !

— C'est une plaisanterie ? Le jeu est fini !

J'ai bougé dans tous les sens, mais elles m'ont suivie sans aucune faute. J'ai même failli rigoler et je me suis dit que le prof aurait été fier d'elles… Puis, je me suis ressaisie et j'ai crié :

— Je vous demande d'arrêter ça !

Elles aussi ont crié, ni plus fort ni moins fort que moi, juste comme moi. Je me suis rendu compte que j'avais la voix qui portait et surtout qu'il était temps de fuir, ce que j'ai fait. Je me suis mise à courir dans tous les sens, j'ai zigzagué, tourné à tous les coins de rue, mais c'était impossible de les semer. J'avais pas mal misé sur notre différence d'âge mais je m'étais trompée, elles n'étaient pas plus essoufflées que moi.

J'étais fatiguée de courir, alors je me suis assise sur un banc et elles aussi, la pile électrique était tout au bord mais elle tenait. On aurait dit qu'elle lévitait. Nous nous sommes toutes regardées et nous nous sommes mises à rire. Ça faisait une éternité que je n'avais pas ri comme ça ! Le rire étant communicatif, ça a duré un certain temps. Je les ai observées et j'ai voulu jouer : j'ai fait tout un tas de grimaces, comme on me l'avait demandé avant. Comme là on ne me demandait rien, alors j'étais beaucoup plus disposée.

Je crois que je ne me suis jamais sentie autant moi-même avec des gens aussi différents en face de moi. Je devenais même aventureuse. Je faisais des gestes hyperboliques et je me suis mise à crier tout un tas de grossièretés qui leur étaient adressées et qui me revenaient en pleine figure comme un boomerang. Mais ça m'était égal : c'était drôle !

J'ai fini par me lasser. Je me suis arrêtée, ai maudit ce prof de malheur. Ce qui m'a fait penser que je devais retourner au théâtre. C'était là que les choses avaient commencé, c'était là qu'elles devaient finir. Ma petite troupe et moi-même nous nous sommes alors dirigées vers la salle de cours. On a mis un peu de temps à le retrouver parce qu'en courant je m'étais perdue, et je ne pouvais pas demander aux autres de m'aider... Quand nous sommes rentrées dans le théâtre, le prof était encore là, il était avec le reste du groupe. J'étais étonnée de les voir mais contente : ils allaient pouvoir m'aider.

— Bonjour, nous avons dit en cœur.

— Bonjour, m'a répondu le prof. Vous êtes là pour essayer le cours ? m'a-t-il demandé en me regardant moi, pas les autres.

— Comment ça ? avons-nous demandé, étonnées.

— Vous avez déjà fait du théâtre ?

— Vous ne nous reconnaissez pas ? Nous étions là il y a une heure environ.

— Vous étiez plusieurs ? a-t-il fait en fronçant les sourcils.

— Bah oui, on est quatre, vous le voyez bien, non ?

— Non...

Le prof s'est gratté la tête, gêné.

— On est là, tous les quatre, et on était tous déjà là il y a une heure... ai-je insisté.

— Il y a une heure ? Écoutez, je ne sais pas, je n'étais pas là il y a une heure, le cours vient à peine de commencer. Vous devez vous tromper. Je ne sais pas à quoi vous jouez, c'est un cours sérieux ici et vous nous dérangez, je vais vous demander de nous laisser.

Il n'y avait rien à en tirer alors nous sommes parties. Nous étions désemparées. Quand nous nous sommes retrouvées dans la rue, nous

nous sommes mises à pleurer, ça faisait une éternité que nous n'avions pas pleuré. Nous nous sommes regardées pleurer, ça nous a attendries encore plus. Alors nous avons pleuré encore plus fort. Nous nous sommes prises dans nos bras et nous sommes restées un moment comme ça. Nous nous sommes regardées un bon moment en nous demandant ce que nous allions faire avec nous-mêmes, puis nous avons décidé de rentrer chez nous.

Quand nous sommes rentrées, nous nous sommes vues dans le miroir de notre salle à manger ; il y avait là une petite femme âgée avec une longue jupe rose à fleurs jaunes, des aisselles suintantes et qui n'arrêtait pas de bouger dans tous les sens comme une pile électrique…

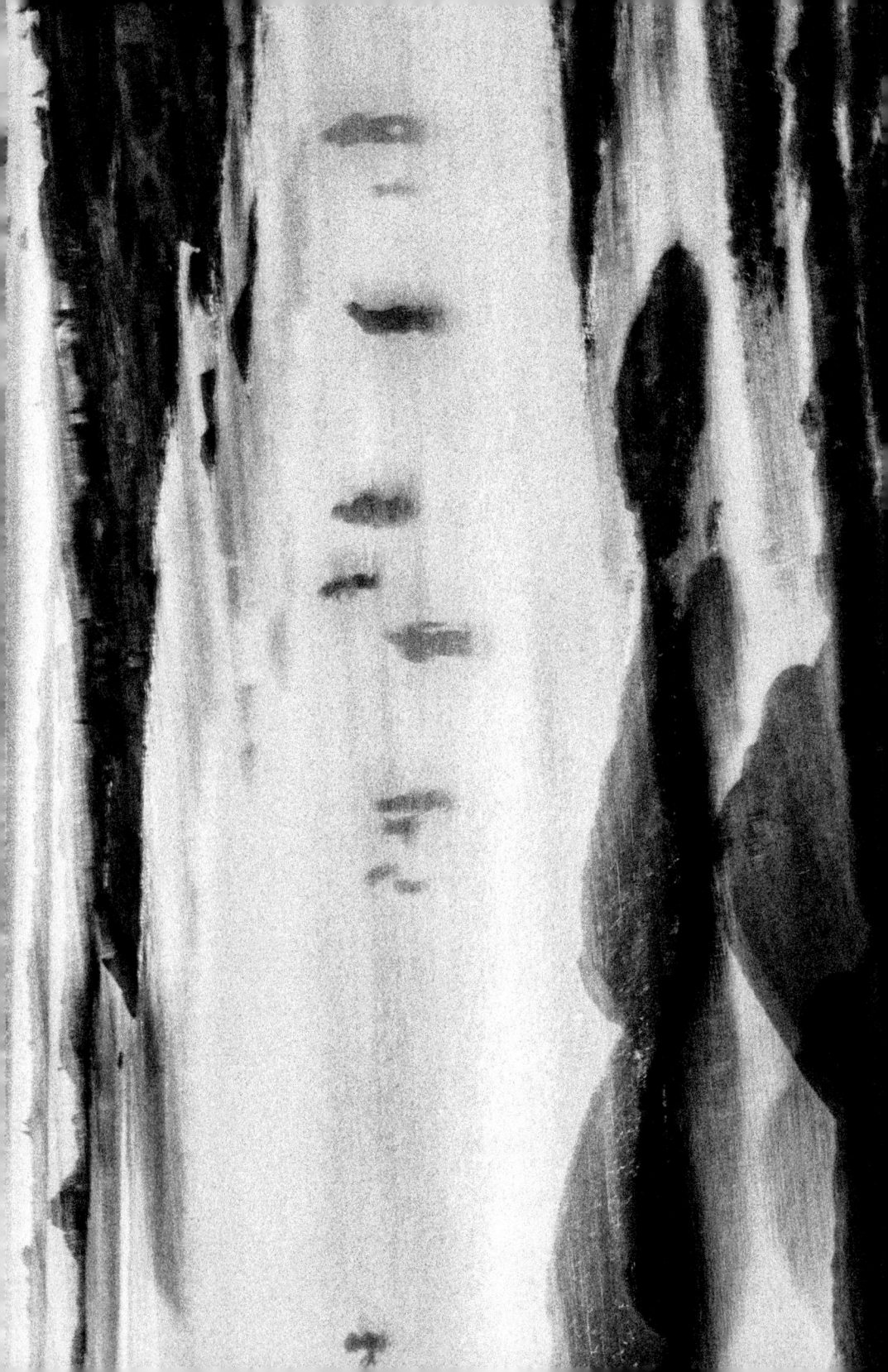

À la recherche des éléphants légendaires
Nathalie Chevalier-Lemire

Il était une fois des êtres venus des étoiles, ou plutôt d'une planète lointaine fort éloignée de la nôtre. Ils avaient acquis une sorte de pouvoir mental leur permettant de capter les bribes de pensées qui émanaient des confins de l'univers, et c'était là leur plus grande occupation. Les conversations entre eux s'abreuvaient de tout ce qu'ils entendaient, et ils partageaient sans cesse leurs nouvelles découvertes jusqu'au jour où l'un d'eux dit – une fois ses paroles traduites :

— Paix et connaissance, mes frères – car c'était leur façon de se saluer. J'ai découvert une créature légendaire. J'ai entendu cette pensée qui disait : si gigantesque, si rond, si grandes oreilles, si long nez, si sage regard… Voilà bien un éléphant !

Et les autres furent immédiatement subjugués, car chez eux tout cela était incroyable. Ils étaient petits, longilignes, avec de toutes petites oreilles et un nez de même taille que les nôtres : voilà qu'existait un être immense, tout en rondeur, avec de grandes oreilles et un long nez ! Enfin, ils avaient tous la même sagesse si bien que chacun ne lisait que le reflet de sa propre connaissance dans le regard des autres, aussi ce dernier point les fascinait plus que tout.

Aussitôt, une expédition fut organisée pour aller découvrir ces fameux éléphants. Ils partirent à cinq, promirent de ramener à leurs amis des images de cette créature incroyable et firent route vers notre planète car c'était de là qu'émanait la pensée qui avait tout déclenché. Alors qu'ils approchaient de la surface, il leur vint à l'esprit qu'ils risquaient d'effrayer les gens qu'ils rencontreraient, aussi prirent-ils le parti d'imiter l'apparence des habitants de cette planète. Le premier qu'ils croisèrent était un enfant petit comme eux, à la peau d'ébène chauffée par le soleil, vif et agile. Ils l'imitèrent immédiatement et tous devinrent vifs et agiles, avec une peau d'un noir profond. Ce fut sous cette apparence qu'ils se séparèrent, chacun de leur côté, en promettant de se retrouver cinq nuits plus tard au même endroit pour partager leur expérience.

Le premier jour, le soleil grimpa haut dans le ciel. Le premier visiteur des étoiles rencontra une girafe qui mangeait des feuilles. Comme il n'avait jamais rien vu d'aussi grand, il en déduisit que c'était cela un éléphant, car il ne pouvait évidemment pas exister d'être aussi grand en dehors de celui-là. Alors il prit le chemin du retour et le soleil redescendit pour céder sa place à la lune.

Le deuxième jour, le soleil grimpa haut dans le ciel. Le deuxième visiteur des étoiles mit la main sur un hippopotame tout rond et gris. Comme il n'avait jamais rien vu d'aussi rond, il en déduisit que c'était cela un éléphant, car il ne pouvait évidemment pas exister de créature aussi ronde en dehors de celle-là. Alors il prit le chemin du retour et le soleil redescendit pour céder sa place à la lune.

Le troisième jour, le soleil grimpa haut dans le ciel. Le troisième visiteur des étoiles découvrit un animal avec des oreilles plus grandes que toutes celles qu'il avait vues jusque-là sans savoir qu'il s'agissait d'un lapin. Comme il n'avait jamais vu d'oreilles de cette taille, il en déduisit que c'était cela un éléphant, car il ne pouvait évidemment pas exister d'être avec d'aussi grandes oreilles en dehors de celui-là. Alors il prit le chemin du retour et le soleil redescendit pour céder sa place à la lune.

Le quatrième jour, le soleil grimpa haut dans le ciel. Le quatrième visiteur des étoiles découvrit un fourmilier avec une trompe aussi longue que son corps qui lui permettait de capturer des fourmis. Comme il n'avait jamais rien vu avec un tel nez, il en déduisit que c'était cela un éléphant, car il ne pouvait évidemment pas exister de créature avec un aussi long nez en dehors de celle-là. Alors il prit le chemin du retour et le soleil redescendit pour céder sa place à la lune.

Le dernier jour, le soleil grimpa haut dans le ciel. Le cinquième visiteur des étoiles découvrit un animal dans le regard duquel il lut toute la sagesse du monde. Un animal immense, tout rond, avec de grandes oreilles et un long nez, et surtout avec un regard plein de sagesse. Il sut qu'il avait trouvé un éléphant, car il ne pouvait exister d'être avec autant de sagesse dans le regard en dehors de celui-là. Alors il prit le chemin du retour et le soleil redescendit pour céder sa place à la lune.

Lorsque les cinq visiteurs des étoiles se retrouvèrent tous ensemble, ils partagèrent leur expérience. Le premier décrivit un être gigantesque, le second un être tout rond, le troisième un être avec de grandes oreilles, le quatrième un être avec un long nez, et le dernier se tut, car il savait qu'il était le seul à avoir vu un vrai éléphant mais ne voulait pas décevoir ses amis car ils devaient rentrer chez eux le soir même.

Inspirés par ce qu'ils avaient découvert, les visiteurs des étoiles s'adressèrent au service des constellations pour faire nommer un groupement d'étoiles comme « constellation de l'éléphant ». Chacun décrivit son éléphant, sauf le dernier qui gardait son secret car, plus que la vérité, c'était l'expérience de chacun qui était importante.

Le responsable du service fut bien en peine de savoir ce qu'était un éléphant, alors il nomma quatre amas d'étoiles superposés qui prirent les noms de constellations : du grand éléphant, de l'éléphant rond, des oreilles de l'éléphant et du nez de l'éléphant. Le dernier ne demanda qu'une étoile, qu'il nomma œil de la sagesse.

Et lorsque le dernier visiteur regarda le ciel et qu'il vit s'assembler dans les étoiles la girafe, l'hippopotame, le lapin, le fourmilier et l'œil de la sagesse, il reconnut un éléphant.

Intra-auriculaire

Mello Von Mobius

Réveil, douche, café, brossage de dents.

Le rituel de Foster était immuable depuis bien des années déjà, et debout face à son lavabo, le jeune homme se fixait dans le miroir d'un regard morne. Il n'était pas du matin, il ne l'avait jamais été. Généralement, il fonctionnait au radar jusqu'à midi, et même l'abus massif de caféine n'avait jamais réussi à le secouer davantage. Sous ses yeux, il pouvait constater que de larges cernes venaient manger son visage quelconque, et son début de calvitie n'augurait rien de bon. Il avait à peine vingt-huit ans, alors quel serait le résultat à quarante ? Il serait sans doute à moitié chauve, comme son père ; rien de surprenant à cela vu qu'il lui avait toujours ressemblé. L'embonpoint en moins, ceci dit, et heureusement puisqu'il courait tous les jours de la semaine sauf le dimanche.

Dans le fond du lavabo, la bonde fut bientôt recouverte d'un mélange de dentifrice et de salive, et Foster vint se rincer la bouche avant de s'emparer d'un spray auriculaire. Depuis quelques jours, une sensation de gêne s'était logée dans son oreille droite, et il s'était rendu dans une pharmacie la veille en rentrant du travail. La pharmacienne lui avait d'ailleurs fait perdre un temps précieux en lui expliquant tous les dangers des cotons-tiges qu'il n'utilisait de toute manière pas, et il allait tester sa trouvaille.

Dans des gestes mesurés, il retira le flacon de sa boîte en carton, puis il fit glisser l'extrémité en plastique dans sa paume. Retirer le bouchon protecteur ne fut pas une mince affaire puisqu'il batailla plusieurs minutes, puis il put coiffer la bouteille de son pulvérisateur, la secouer, effectuer quelques jets tests dans le fond du lavabo, et enfin l'approcher de son oreille bouchée...

— Ah non, Foster, je serais toi, je ne ferais pas ça.

Sous le coup de la surprise, il avait suspendu son geste et ouvert des yeux ronds comme des soucoupes, et son regard s'était braqué sur lui-même par le biais du miroir. Il était certes un peu fatigué ces temps-ci, et il n'était que six heures du matin... mais quand même, ce n'était pas banal ! Quoique, le surmenage du boulot pouvait aussi lui provoquer des hallucinations – il faisait bien des chutes de tension par moment – et ce fut dans un soupir qu'il reprit son geste pour déposer l'embout du pulvérisateur à l'entrée de son oreille.

— Foster, qu'est-ce que je viens de te dire ? Vire-moi ça de ton oreille tout de suite !

La voix était plus autoritaire, cette fois-ci, et le jeune homme écarta vivement le spray qu'il examina avec attention. Il le tourna, le retourna. Il dégaina même la notice, comme pour vérifier s'il s'agissait là d'un effet secondaire.

— Euh, sérieusement, tu ne crois quand même pas que je suis dans ton spray, hein ?

— Sérieusement... ? Euh... ben peut-être... ? Non... ?

Foster se sentait couillon, mais il ne savait franchement pas quoi faire. Il était tranquillement en train de faire sa toilette lorsqu'il avait entendu une voix dans sa tête, et ce n'était ni normal ni rassurant. Pour plus de sécurité, il reposa d'ailleurs le flacon avec précaution, puis il se pencha par-dessus la vasque comme s'il voulait se détailler plus précisément dans le miroir.

— Putain, mon vieux, ça y est, tu deviens fou. Chauve comme ton père et fou comme le tonton Bernie, génial...

— Chauve, je ne sais pas. Mais fou, je peux te garantir que tu ne l'es pas ! Ce n'est pas parce que tu entends directement ma voix dans ta tête que ça signifie que tu es taré.

— Ça y ressemble tout de même un peu, tu en conviendras... Euh... tu t'appelles comment d'ailleurs ?

Il se parlait à lui-même. Si, si, il était totalement dingue, il n'y avait pas d'autre explication. Et ce même s'il se résignait à poursuivre cette conversation tandis que l'heure tournait et qu'il devrait bientôt quitter son appartement pour prendre le bus et aller travailler. Voix dans sa tête ou pas, parce que son patron n'était pas franchement du genre compréhensif.

— Bruce.

— Bruce ?

— Bruce.

— Attends, tu t'appelles Bruce ? Pour de vrai ? s'exclama-t-il.

— T'es sûr que c'est ça qui te choque le plus ?

Cette fois-ci, pas de doute, la voix venait de se teinter de cynisme, et Foster esquissa un soupir légèrement vexé. Bruce n'avait pas tort sur ce coup-là, mais faute de savoir comment réagir face à ce genre de situation saugrenue, il devait bien improviser comme il pouvait.

— Et donc, Bruce, tu parles dans ma tête, c'est ça ? T'es un fantôme ou un truc du genre ? Tu veux que je porte un message à un de tes proches pour pouvoir passer dans l'au-delà ?

— Bordel, Foster, t'es quand même perché comme mec ! Ta mère a raison de te dire de freiner sur les films d'horreur, parce que ça te monte doucement au cerveau. Tout de même, sois réaliste, les fantômes n'existent pas. Pas plus que les zombies ou les extraterrestres.

Encore une fois, la réponse avait retenti sur un ton ironique qui avait de quoi vexer, mais dans la mesure où le jeune homme avait pensé aux extraterrestres en second choix, il préféra judicieusement ne rien répliquer.

— Ok, alors tu es quoi au juste ?

— Ton intra-auriculaire, pardi ! Rho, allez, on papotait un peu ensemble quand tu étais gamin, alors ne me dis pas que tu ne te souviens pas de moi.

— Mon intra... papoter... Oh putain, t'es mon copain imaginaire ? Celui de quand j'avais sept ans ? Bordel, mais c'est génial, je savais bien que je ne t'avais pas inventé ! Et tu t'appelais comment déjà ?

— Bruce. Tu sais, les humains ne changent pas de nom en cours de route, et nous non plus. T'es pas méchant mais t'es pas doué non plus, Foster, ça te réussissait plus quand tu prenais deux cafés le matin, tu devrais y penser.

Nouveau soupir vexé, nouveau regard noir dans le miroir en direction de lui-même. Il n'était pas du matin, alors il avait tout de même droit à un peu de compassion.

— Bref... tu habites donc dans mon oreille, si je comprends bien ?

— C'est ça.

— Et tu veux quoi ?

— Que tu ne m'inondes pas avec ton spray.

— C'est toi que je sens dans mon oreille depuis quelques jours ? Je ne veux pas te vexer, mais tu es un peu... disons gênant.

— Oui je sais, j'ai pris un peu de poids avec les fêtes de Noël, mais je te signale que toi aussi, hein.

— Pris du poids ? Mais tu manges quoi ?

— Du...

— NON ! En fait, je ne veux pas du tout savoir !

Il ne voulait d'ailleurs tellement pas savoir qu'il venait de lever ses mains en l'air comme si quelqu'un était en train de le braquer avec une arme à feu, et il constata avec soulagement que Bruce avait obtempéré à sa demande. C'était toujours ça de gagné pour sa santé mentale.

Un coup d'œil à sa montre lui appris qu'il était déjà 6 h 58, il allait devoir se dépêcher s'il ne voulait pas louper son bus habituel et arriver en retard. À moins qu'il prît rendez-vous chez son médecin ? Vu ce qui était en train de se passer, ça valait sûrement mieux.

— Bruce, t'es toujours là ?

— Toujours.

— Pourquoi tu dis plus rien ?

— Je te laisse te remettre du choc. Nous les intra-auriculaires, on entre pas souvent en contact avec nos hôtes, en tout cas pas quand ils sont adultes, justement pour éviter de les traumatiser.

— Vous entrez en contact avec eux quand alors ?

— Quand ils sont plus âgés, ils sont plus faciles à manipuler.

— Manipuler... ?

Nouveau silence. Le coin gauche de la lèvre supérieure de Foster venait de se soulever en une grimace assez explicite, et sa main droite vint immédiatement récupérer le spray comme pour se débarrasser de cette menace.

— Non non non non non, Foster ! Je peux tout t'expliquer, alors repose ce flacon. S'il te plait.

— Tu as cinq minutes pour me convaincre de ne pas le faire.

— Ok ok... alors c'est parti ! Je suis donc ton intra-auriculaire, je nais dans ton oreille et ensuite, je reste tranquillement là sans un bruit pour te laisser vivre ta vie. Et puis quand tu deviens vieux et sénile, je prends le contrôle de ton corps pour pouvoir vivre ma vie à moi ce coup-ci. On est dans une sorte de symbiose si tu veux. Sauf que je ne te sers pas à grand-chose au final, il faut bien l'avouer.

— Mais pourquoi tu vis dans mon oreille, c'est crade ! Tu peux pas sortir et vivre ta vie tout seul ?

— Mon corps n'est pas du tout fait pour ça, je mourrais presque immédiatement si je sortais.

— Ah...

Haussement d'épaules, réponse vague. Mais pour le coup, Foster ne savait pas quoi dire de plus, et son regard vérifia sa montre une fois de plus.

— Mmmh, tu risques d'être en retard si tu traînes trop. Pas que ça m'ennuie de papoter avec toi, mais ce serait quand même dommage que ce connard de Roger t'engueule encore une fois.

— Ouais, ok, mais on fait quoi alors ?

— Comment ça ?

— Je vais au boulot et je reprends ma vie comme si de rien n'était ?

— C'est ça.

— Et quand je serai vieux et sénile ?

— Tu seras vieux, sénile, et moi je retrouverai mes potes à la maison de retraite. Franchement, il n'y a pas d'entourloupe, tu sais. C'est pas glamour, mais dis-toi que je suis juste un tas de cérumen qui cause... non, en fait non, je pense que le plus simple, c'est peut-être que tu oublies cette discussion. T'es surmené, t'as fait une chute de tension, t'as eu une petite hallucination mais c'est rien de grave ! Va voir le médecin pour avoir quelques jours d'arrêt maladie et va te reposer chez ta mère, elle te fera ses gaufres habituelles et tout reprendra son cours.

Il était surmené, il buvait trop de café, il ne mangeait pas assez, et il avait fait une chute de tension. Une bête chute de tension. Oui, c'était ça, et devant cette explication rassurante, Foster s'offrit un sourire dans le miroir avant d'opiner vivement de la tête.

Puis, avec des gestes mesurés pour ne pas risquer un malaise, il reposa le spray et le rangea dans sa boîte en carton, avant de jeter le tout dans la petite poubelle de salle de bain. Sourire rassuré et rassurant toujours aux lèvres, il se lava ensuite les mains, puis il quitta la pièce avec l'intention de passer un coup de téléphone à son médecin traitant.

Mais au moment d'éteindre la lumière, sa main se figea sur l'interrupteur, et il recula dans la pièce afin de contempler à nouveau son reflet.

— Euh, Bruce, pendant que j'y pense, il y a une maison de retraire particulière que tu veux ?

— La Résidence des Lilas, tous mes proches sont là-bas !

— Ok, je vais organiser ça. Ah et... tout le monde a un intra-auriculaire dans son oreille ?

— Absolument tout le monde, même ton chat !

— Ok. Bon ben... bonne journée, Bruce ?

— Bonne journée, Foster !

Un autre habitait donc dans son oreille. Un autre habitait dans l'oreille de chaque humain. De chaque chat. Et peut-être même de chaque être vivant ! Et ce fut en rigolant doucement que Foster éteignit enfin la lumière pour quitter la salle de bain.

Attention aux autres
Bezuth

Sylvain se leva de bonne humeur et se pencha à la fenêtre de sa chambre pour profiter de la vue. Ravance lui offrait le spectacle de ses mille piliers étincelants, témoins de la parfaite entente entre les peuples en son enceinte.

— Bonjour, Sylvain ! Toujours aussi matinal à ce que je vois ?

Le sarcasme de Maria, jeune lycanthrope au nez aussi pointu que ses piques verbales, n'entama en aucune façon l'enthousiasme du faune. Il rejoignit d'un bond le rez-de-chaussée et embrassa sa mère avant de se diriger vers la porte avec entrain. Flore le rattrapa par l'oreille avant qu'il n'en franchisse le seuil.

— Surtout, n'oublie pas...

— Attention aux Autres ! Je sais, Maman... Mais c'est mon premier jour, je veux pas faire mauvaise impression en arrivant en retard !

Il se dégagea et lui souffla un baiser. Flore tordit son tablier avec inquiétude.

— Ne t'inquiète pas ! Mon superviseur ne me lâchera pas d'un sabot ! À ce soir !

Sylvain transpirait à grosses gouttes. Il ne reconnaissait plus le bois si charmant qu'il avait l'habitude de voir depuis la fenêtre de sa chambre. Les arbrisseaux aux feuilles d'un délicat vert tendre avaient cédé leur place à d'immenses troncs sombres dont le feuillage imperméable à la lumière du jour assombrissait considérablement la sylve, lui conférant une atmosphère quelque peu inhospitalière. Un craquement retentit dans le dos du satyre qui bondit et fit volte-face. Ses yeux ne discernèrent rien de plus qu'une nappe d'obscurité qui grignotait jusqu'à l'herbe à ses pieds.

Ses pensées se tournèrent vers les légendes au sujet des Autres, ces monstres habitant les tréfonds de la forêt, réputés pour chasser les habitants de Ravance et les dévorer. Il s'était toujours refusé de croire en ces croquemitaines bien utiles pour contrôler les enfants... Un nouveau bruit résonna dans le silence ambiant, amplifié par l'abandon qu'il ressentait. Emporté par la frénésie de la récolte, il avait décidé de s'enfoncer à peine plus loin que le reste de l'équipe dans les taillis. Qui aurait pu résister à ces mûres si juteuses ? Lorsqu'il avait finalement levé la tête de sa cueillette, pas une trace de ravançois. Plus que le silence et les arbres sinistres.

Il frissonna au souvenir des descriptions dont son grand-père l'avait gavé. Son esprit imagina de funestes formes émerger d'entre les arbres, des corps longilignes aux membres dotés de doigts griffus, des visages simiesques aux crocs acérés et aux yeux assoiffés de sang... Il fut distrait de ses sombres pensées par une petite lueur dansant au milieu des troncs froids. La curieuse petite luciole sautillait de droite à gauche en une danse hypnotisante, se rapprochant un peu plus du faune à chaque bond. Enfin, elle lui permit de discerner son porteur.

Une nuée d'oiseaux s'envola tandis que le cri de Sylvain transperçait le calme de la forêt.

Le cœur battant, Sylvain gardait les yeux fixés sur l'apparition. Il priait de toute son âme pour que le reste de son équipe ait entendu son hurlement et parte à sa recherche. L'être s'avança. Sylvain recula. Le monstre tendit la main vers lui. Le satyre recula plus vite et trébucha contre une traître racine. Il se pétrifia en entendant un horrible gloussement.

L'Autre arracha son visage.

Ou plutôt, il retira son masque.

Deux yeux rieurs ourlés de cils d'une blondeur transparente émergèrent de l'obscurité. Une main blanche, aux ongles parfaitement taillés, saisit la couronne de feuilles ornant une longue chevelure agrémentée de plumes. L'apparition se rapprocha de Sylvain, présentant à deux mains la parure en guise d'offrande. Sylvain recula de plus belle, ses sabots labourant le sol avec angoisse. Bientôt, l'Autre fut suffisamment proche pour qu'il discerne la pâleur de sa peau et l'éclat de son sourire dépourvu de dents pointues. Les traits fins de son visage dénotaient même une certaine douceur féminine. L'être qui se tenait devant lui n'avait rien d'un monstre ; de fait, son apparence semblait être un étrange croisement entre le peuple elfe et le peuple nain. La créature posa l'ornement de branches tressées sur sa tête et émit un petit ricanement.

— Vous... vous allez me tuer ?

La bête pencha sa tête sur le côté avec un air curieux.

— Vous me comprenez ?

Elle le fixa sans répondre. Sylvain attrapa la couronne et la tendit à la créature. Celle-ci repoussa sa main avec douceur. Le faune la replaça sur sa tête et elle gloussa de contentement. Sylvain se prit à sourire. Sa main posée sur la poitrine, il articula exagérément.

— Sylvain.

Il réitéra son geste mais déjà elle ne s'intéressait plus à lui, mais à un papillon qui battait paresseusement des ailes. La forêt semblait nettement plus amicale au petit satyre qui tentait d'établir le contact. Calme avant la tempête de cris qui transperça brutalement le bois.

— Syyyyylvaiiiiiin !

— Où es-tu ? Syyylvaaiiin !

Affolée par les hurlements, la créature attrapa sa lanterne et déguerpit à toute vitesse, portée par ses minuscules pieds agiles. Sylvain, sous le choc de cette rencontre, se laissa porter jusqu'à Ravance par l'équipe de secours sans répondre à leurs questions inquiètes.

— Mais... regarde l'état de cette chemise ! Et ta combinaison de travail est foutue, Sylvain ! Que s'est-il passé ?

Sylvain ignora Flore et rejoignit automatiquement sa chambre. Il déposa la couronne d'olivier sur sa table de chevet avant de choir sur le lit, ébranlé. Lentement, il retrouva le cours paisible de pensées cohérentes, qui dévièrent doucement mais sûrement vers l'Autre, découverte propice aux étranges rêves et terreau du désir de retrouver la protection de l'épaisse futaie.

Le cœur battant, Sylvain jeta un coup d'œil par-dessus son épaule. Voyant que personne ne prenait garde à ses activités, il s'enfonça sans hésiter à travers un buisson touffu pour disparaître et rejoindre l'endroit où il avait croisé le chemin de ce monstre au sourire angélique.

La créature était déjà là, attendant patiemment. À son approche, elle sauta gaiement sur ses pieds et à son cou. Il se surprit à apprécier cette étreinte, qu'autrefois il aurait cru mortelle. La bête relâcha son emprise et posa un regard attristé sur la tête de Sylvain. Elle tapota ses cheveux du plat de la main. Il sourit d'un air gêné.

— Je l'ai oubliée chez moi... Mais elle me plaît !

L'Autre sembla enfin comprendre et un sourire reprit sa place sur son visage aux traits fins. Sans avoir besoin d'un langage pour communiquer, ils passèrent l'un et l'autre la plus belle journée de leur vie.

Radieux, Sylvain se leva. Le jour déclinait et une absence aussi prolongée ne manquerait pas d'alerter à nouveau ses camarades. Il démêla les doigts de son amie, entortillés dans ses cheveux où poussaient à présent brindilles et plumes perdues.

— Je dois rentrer.

Il secoua la main devant le regard perplexe de la créature et s'enfonça dans les taillis, chemin inverse à sa fugue du matin même. Le cœur léger, il lui prit l'envie de siffloter.

Était-ce pour cela qu'il n'entendit pas le déclic du piège ?

La félicité qu'il ressentait après cette merveilleuse journée fut soufflée en un éclair.

Elle n'avait pas crié. Non, les cris ne provinrent que de la troupe de chasseurs surexcités.

— On en a eu un !

La troupe d'orcs se rassembla autour de leur prise. Tête pendante, la proie était morte sur le coup. Ses grands yeux vides se posèrent une dernière fois sur Sylvain, glacé par le spectacle de ce cadavre suspendu. Sans ménagement, un orc cisailla la corde et le corps s'écrasa au sol dans un affreux bruit de craquement d'os. Incapable de réfléchir, Sylvain se précipita et repoussa la meute pour s'approcher. Les chasseurs l'empoignèrent et l'écartèrent aussitôt.

— Attention, gamin ! C'est vachement dangereux ici. Il est p'tet pas vraiment mort ! Il faut le finir.

Joignant le geste à la parole, le chef de troupe leva sa lourde botte et pulvérisa sans hésitation le crâne de la bête. La charogne fut promptement évacué dans une caisse qui serait brûlée dans les prochains jours à la faveur d'un feu de joie. Les chasseurs désertèrent l'endroit nettoyé, abandonnant le petit faune hébété.

Après une éternité, il rejoignit Ravance, la citadelle dont les mille piliers prônaient le respect entre les peuples, monta sans un mot dans sa chambre, attrapa un sac où il jeta pêle-mêle vêtements et nourriture, puis saisit délicatement la couronne de feuilles flétries pour la poser sur sa tête, mains tremblantes.

Puis Sylvain partit.

Le moulin du hameau de l'Aa

Cédric Teixeira

— Georges, mon sèche-cheveux est encore en panne !

Georges enragea.

— Non, c'est la prise de courant. À force de la maltraiter tu as abimé les fils à l'intérieur.

— Tu ne peux pas la réparer, cette prise ?

— Martine, on est en vacances, là !

— Quoi ? Notre caravane tombe en ruines et tu t'en fiches ? Tu n'es vraiment qu'un bon à rien !

Georges sortit en claquant la porte, faisant trembler les murs de leur vieille caravane.

La nuit tombante déposait sur le camping un voile d'ombres inquiétantes.

Voilà des vacances qui commencent bien, se dit-il.

Il avait lui-même choisi cet endroit perdu sur les rives de l'Aa, fleuve des Hauts-de-France aux allures de rivière. Au sein du Hameau de l'Aa, petite bourgade ne figurant sur aucune carte, il avait déniché ce camping pittoresque avec son moulin à eau. Ce qui lui avait valu une bonne dispute avec Martine, qui préférait les hauts-lieux touristiques. Georges, rêvant quant à lui de vacances loin des autres et de la foule, avait réussi à imposer son choix et il en payait maintenant les conséquences.

Pour l'heure, il déambulait dans les allées, savourant sa solitude. Ils venaient juste de poser leurs valises et c'était là sa première occasion de faire le tour du propriétaire... Quelques mobil homes décrépits, des caravanes brinquebalantes et des sanitaires communs aux lavabos délabrés auxquels manquaient les traditionnels miroirs. Plus loin, une balançoire en métal gémissait, agitée par la légère brise du soir. Un bac à sable jonché de jouets en plastique aux couleurs ternies semblait abandonné.

— Tu veux jouer avec moi ?

La voix fluette le fit sursauter. Une ombre menue tenant une poussette d'enfant venait de surgir à ses côtés.

— Je... je ne t'ai pas entendu arriver, petite, tu m'as fait peur. Tu es toute seule ?

— Non, monsieur, je suis avec mon bébé, répondit la fillette en désignant sa poussette. Et toi, qu'est-ce que tu fais ?

— Je... je me promène. Où sont tes parents ?

— Ils regardent la télé, dans la caravane.

La fillette s'avança sous un rayon de lune, dévoilant un visage fin orné de cheveux blonds comme la paille. Elle devait avoir six ans tout au plus. Georges posa les yeux sur le poupon et son cœur bondit. Le bébé, aussi blond que sa propriétaire, avait la partie gauche du visage écrasée, comme si sa tête avait été compressée dans un étau. Les cheveux manquaient de ce côté et l'œil sortait à moitié de son orbite.

— Qu'est-il arrivé à ton bébé ?

— Rien, pourquoi ?

Georges rentra en hâtant le pas, perturbé par cette rencontre singulière. Il s'allongea à côté de Martine qui ronflait déjà comme un bébé.

*

Le soleil filtrait à travers les rideaux usés, inondant l'intérieur de la caravane. Georges, seul dans le lit, entendait Martine discuter à l'extérieur. Une voix haut perchée lui répondait. Il se leva.

La fillette lança un large sourire à Georges qui détourna les yeux du poupon, encore plus affreux en plein jour.

— Bonjour, monsieur !

— Tu es déjà debout, après t'être couchée aussi tard ?

Martine interrogea son mari du regard.

— Tu connais notre petite voisine, Georges ?

— Je l'ai croisée hier soir, pendant ma balade.

— À cette heure ?

Martine fit une moue surprise et outrée. Georges devinait ce qu'elle pensait.

— Et tes parents, ils ont fini de regarder la télé ? ironisa-t-il.

— Dis, tu veux jouer avec moi ?

Georges haussa les sourcils en soupirant.

— Écoute, petite, on est occupés, va voir…

— Mais bien sûr, ma puce, qu'on va jouer avec toi, l'interrompit Martine. On va faire un dessin, j'ai de magnifiques crayons de couleur.

Georges ne répondit rien et partit en soufflant.

*

Le couple déjeunait.

— Ça me met hors de moi de voir des parents délaisser leur enfant, maugréa Martine.

— C'est les vacances, ils cherchent un peu de tranquillité, je ne vois pas où est le mal.

— Cette fillette demande de l'attention, et ils ne lui en donnent visiblement pas. C'est honteux ! Quand je pense à ceux qui voudraient fonder une famille et qui ne peuvent pas !

Elle se mit à sangloter.

— Tu ne vas pas remettre ça ? Tu vas chialer à chaque fois que tu vois un gosse ?

— Seulement quand j'en vois un qui est malheureux.

— C'est de ma faute si on ne peut pas en avoir ?

— Non, mais j'ai l'impression que ça t'arrange bien !

— Mais arrête de ressasser... Je te propose d'aller nous balader au bord de l'eau, ça nous fera du bien de marcher.

*

Georges se laissait bercer par la mélodie de l'eau qui clapotait au rythme de leurs pas. Respirer le silence loin de tout et de tout le monde, voilà pour lui des vacances parfaites.

— N'empêche, ils auraient pu sortir de leur caravane pour nous saluer. Ils ne sont pas très polis, ces gens, grinça Martine.

Georges mit plusieurs secondes à émerger.

— Mais qu'est-ce que ça peut te faire ? Moi je suis bien content d'avoir des voisins qui ne viennent pas me saouler de paroles, ça me change... Eh, mais c'est quoi, ça ?

Plusieurs dizaines de poissons en décomposition, les yeux vitreux et les écailles verdâtres, flottaient dans l'onde paisible. Martine s'approcha du bord pour mieux observer. Quand Georges vit sa femme se pencher au-dessus de l'eau, des images se bousculèrent dans sa tête. Il s'imagina la pousser... Elle tombe... Elle ne sait pas nager... Personne autour. Impossible, il la regarde se débattre, ses appels à l'aide se perdant dans le vide. Un cri plus aigu que les autres le sortit de sa rêverie.

— Quelle horreur, Georges, ils ne sont pas morts, regarde !

Il ouvrit les yeux juste à temps pour voir les poissons plonger dans les profondeurs du fleuve.

*

Ils rentraient alors que le soir tombait.

— Bon, tu la répares, cette prise, Georges ?

Encore tourmenté de sa promenade, sans savoir s'il devait attribuer son trouble aux poissons-zombies ou à ses idées de meurtre, Georges s'exécuta. Alors qu'il dévissait la prise, une étincelle crépita et les lumières s'éteignirent.

— Bravo, Georges ! T'as fait disjoncter la caravane ! Et peut-être bien tout le camping avec !

— Tais-toi donc, Martine ! Je vais voir si je peux trouver le fusible.

Georges chercha, en vain, un fusible dans le boîtier électrique alimentant leur emplacement. Il se mit alors en quête de trouver le propriétaire du camping. À contrecœur, car les quelques minutes déjà passées avec lui à leur arrivée pour s'acquitter du paiement de leur séjour avaient été un vrai calvaire. Il se rendit donc au moulin, une vieille bâtisse d'époque en briques rugueuses usées par le temps faisant maintenant office d'accueil. La roue à aubes dormait paisiblement contre un flanc du bâtiment, qui semblait avoir été construit à même le fleuve.

Georges poussa la lourde porte qui s'ouvrit en grinçant sur une immense pièce dont le centre était occupé par l'ancienne meule. Un système d'engrenages de bois et de métal la reliait à la roue. Au fond de la pièce, il reconnut la silhouette ventripotente qui s'affairait à installer une table et des chaises. Malgré la pénombre, le propriétaire portait un vieux chapeau de paille et des lunettes de soleil. Il commença à babiller sur l'histoire du moulin, du village, et aurait vraisemblablement enchaîné sur celle de la France entière si Georges ne l'avait pas interrompu en lui expliquant l'objet de sa visite. L'homme l'amena alors dans un étroit local à l'arrière du bâtiment.

— Voilà, c'est ici qu'ça se passe. C'est une vieille installation, z'avez eu d'la chance que ça disjoncte, sinon c'était le coup d'jus assuré !

Georges sursauta.

— Qu'est-ce que vous venez de dire ?

— J'ai dit : vous auriez pu y rester, m'sieur !

Ces paroles résonnèrent dans l'esprit de Georges. Il aperçut alors des miroirs empilés dans le coin de la pièce et repensa aux sanitaires délabrés.

— Vous savez qu'il manque les miroirs à vos lavabos ? Pourquoi vous ne les installez pas ?

Le propriétaire sourit d'un air gêné.

— Eh pour quoi faire ? On sait bien à quoi on ressemble, hein !

*

De retour à la caravane, Georges s'enferma dans la salle de bain, prétextant vouloir terminer la réparation de la prise de courant. La voix aigrelette de Martine lui vrilla les tympans, même à travers la porte.

— Pas deux heures, Georges, je dois prendre ma douche !

— T'inquiète, tu l'auras ta douche, grommela-t-il.

Il scotcha les fils de la prise de courant au sol en les dénudant avec soin et détourna l'évacuation d'eau. Son installation était sommaire, mais efficace. Quand Martine sortirait de la douche, elle poserait le pied sur un sol inondé, directement relié aux deux-cent-vingt volts.

Il lui suffisait maintenant de retourner au local technique et de bloquer le fusible afin que l'installation ne disjoncte pas.

Il annonça à Martine qu'il sortait pour une petite promenade.

*

Georges se glissa sans bruit dans le moulin maintenant vide et se rendit dans le local technique où il trafiqua le disjoncteur. Alors qu'il s'apprêtait à quitter la pièce, il entendit le grincement de la porte d'entrée, suivi de bruits de pas. Il se tapit dans l'ombre et observa à travers la porte entrouverte en retenant sa respiration. Une dizaine d'individus s'assirent bruyamment autour de la table. Georges ne distinguait pas les visages, mais reconnaissait la voix du propriétaire.

— Et les nouveaux, qu'est-ce qu'on en fait ?

— On va s'occuper d'eux.

— Faudra faire ça proprement, la dernière fois c'était une vraie boucherie.

Les voix lui parvenaient sourdes et gutturales... étrangement inhumaines. Il lui semblait même distinguer des grognements dans l'assistance. D'où il était, il ne voyait qu'un homme assis de dos qui agitait les bras.

— Bon, qui boit quelque chose ?

Georges ne pouvait s'avancer plus sans risquer de se faire repérer. Il prit l'un des miroirs entreposés dans le local et le positionna dans l'entrebâillement de la porte. Il eut un sursaut de surprise. Le reflet ne renvoyait que des chaises vides. Il pivota légèrement le miroir vers la table et ce qu'il vit le paralysa de terreur. Verres et bouteilles flottaient dans l'air, s'entrechoquaient dans une danse improbable au milieu des éclats de rire, et déversaient dans le vide leur contenu qui n'atteignait jamais le sol, restant en suspension un instant avant de disparaître en tourbillonnant. Il passa lentement la tête hors du local, étouffant le martèlement de son cœur dans sa poitrine. D'un geste malheureux, il déséquilibra le miroir qui se brisa.

Les occupants du moulin stoppèrent leur conversation.

— Ça vient du local !

Les chaises glissèrent brutalement et des pas accoururent vers Georges. Alors que son cerveau turbinait pour trouver une bonne excuse à sa présence ici, une déflagration fit trembler les murs... Une violente explosion, dehors.

— Eh, les gars, y a une caravane qui crame !

Après quelques secondes d'agitation dans le moulin et des pas précipités vers l'extérieur, Georges se retrouva seul. Il prit une grande inspiration de soulagement et sortit à son tour. Au loin, de hautes flammes et un panache de fumée noire montaient dans le ciel sombre. Apparemment, son petit bricolage avait fonctionné encore mieux que prévu. Il pensa à sa femme en train de griller dans la fournaise et chancela. Il s'appuya contre le parapet de briques surplombant le cours d'eau et se yeux se posèrent sur la roue du moulin. Il l'imagina tourner, autrefois entraînée par le courant du fleuve. Le reflet de la lune et de son propre visage dans l'onde, aujourd'hui calme et claire, l'apaisa.

— Tu veux jouer avec moi ?

Georges sursauta. La fillette se tenait à ses côtés, assise sur le parapet. Il la dévisagea avec de grands yeux ronds, puis regarda dans l'eau... Là où devait se trouver son reflet, il n'y avait rien. Il recula lentement, tentant de garder son calme.

La fillette sauta au sol. Son visage fin semblait moins régulier qu'à l'accoutumée, un côté s'affaissait dans un rictus grimaçant, à l'image du poupon qu'elle tenait à la main.

— T'approche pas, petite.

La fillette avança. Georges s'emporta.

— Arrête, j'te dis, reste là ! Mais bordel, vous êtes quoi, au juste... des vampires, ou un truc comme ça ?

La fillette commença à pleurer à chaudes larmes.

— Personne ne veut jamais jouer avec moi, je me sens tellement seule...

Georges se calma, pris d'une soudaine compassion.

— Pardon, mais je ne comprends pas ce qui se passe ici. Dis, tu veux bien m'expliquer, s'il te plaît ?

— J'ai promis de toujours garder le secret... Son visage s'illumina subitement. Si je te le dis, tu veux bien jouer avec moi ?

— Tout ce que tu veux... Parle, petite.

Georges écouta attentivement la fillette débiter son histoire, entrecoupée de sanglots.

Un accident malheureux, il y a très longtemps... Un jour, elle fut happée par la meule du moulin suite à une négligence du propriétaire. Son père avait assisté impuissant à l'accident... Les deux hommes en étaient venus aux mains et s'étaient entretués. Sa mère, psychologiquement instable, avait mis fin à ses jours... Georges avait peur de comprendre.

— Tu... tu es morte ?

— On l'est tous, monsieur. C'est le moulin, depuis l'accident il est maudit. Tout le monde le dit, ici : « Qui a vu le moulin du Hameau de l'Aa... »

— C'est bon, j'ai ma dose de foutaises. Vous n'aurez pas ma peau, bande de tarés ! tonna Georges en tournant les talons.

— Eh, monsieur, t'as dit que tu jouerais avec moi !

Georges se mit à courir. Il regagna sa caravane… ou plutôt ce qu'il en restait… Une carcasse calcinée alimentant un immense feu de joie entouré de zombies grimaçants. Georges avait l'impression de contempler l'enfer depuis ses portes grandes ouvertes. Sans demander son reste, il sauta dans sa voiture et démarra en trombe.

Ce n'est qu'une fois sur l'interminable route départementale que son rythme cardiaque reprit une allure normale. Il regarda nerveusement dans son rétroviseur, s'attendant à être suivi. Mais non, se rassura-t-il. Ils ont Martine, ils s'en contenteront. Et lui serait bientôt seul, loin de ce patelin maudit. Une odeur pestilentielle lui assaillit subitement les narines. Un horrible mélange de brûlé et de pourriture.

— Roule moins vite, chéri, s'il te plaît.

Ses mains se crispèrent sur le volant. La voix aigrelette et éraillée reprit.

— Tu ne voudrais pas qu'il arrive quelque chose à ta petite famille ?

La voix venait de derrière. Il regarda dans son rétroviseur… personne.

— Oui, fais attention, papa.

Georges se retourna. Sur la banquette arrière, Martine, le visage à moitié calciné, serrait dans ses bras la fillette qui avait le côté gauche du crâne écrasé et un œil sortant de son orbite. À côté d'elle, son poupon, intact. Martine lança à son mari un sourire édenté qui lui décolla un morceau de peau dans un craquement sinistre.

— Je l'ai emmenée avec nous… ça ne te dérange pas qu'elle t'appelle papa ?

Alors que la voiture partait en tonneaux pour aller s'enrouler autour d'un platane, l'image du panneau indiquant la sortie du Hameau de l'Aa dansa devant les yeux de Georges. Juste avant de mourir, il entendit une ritournelle tinter dans l'air.

> *Qui a vu le moulin du Hameau de l'Aa*
> *Contemplera pour toujours son âme au-delà.*

Shaârghot, le commencement
Lancelot SABLON

Le quartier ouest était une décharge à ciel ouvert. Des dizaines de baraques miteuses faites de tôles, de briques dépareillées, de planches rongées et de grandes bâches trouées constituaient la zone la plus pauvre et dévastée de la cité-ruche.

Moebius était nerveux. Sa couverture semblait compromise, mais le doute qui persistait le forçait à rester dans la cité du Great Eye, plutôt que de rallier une autre ruche.

L'appellation n'était pas anodine. Comme n'importe quelle ruche naturelle, lorsque les abeilles existaient encore, avant la grande guerre, elle se structurait en strates plus ou moins perméables entre elle. La reine, ou plutôt le conseil d'administration de la société Great Eye, siégeait au sommet, dans quelques quartiers luxueux desquels ils ne sortaient presque jamais.

À l'inverse, les bas-fond étaient une bauge infâme où les pauvres hères qui y survivaient étaient des parias, des dissidents ou simplement des malchanceux qui feraient peut-être mieux de tenter leur fortune dans le *no man's land* des terres irradiées. Mais les dangers de ces longues plaines dévastées les invitaient à se contenter de leur peu, contestant le pouvoir du Great Eye à voix basse.

Personne ne sait rien de nous.

Il n'avait ni ami, ni famille, c'était une ombre dans la ville. D'ailleurs, *Moebius* n'était pas son vrai nom et ses nombreuses identités avaient tendance à lui faire oublier sa personnalité originelle.

Je suis un fantôme, nous sommes des fantômes.

Encore une fois, la voix sut le remettre d'aplomb.

Le bruit de succion de ses bottes dans la fange de la rue le tira de ses pensées. Il devait retrouver son informateur : il s'en passait des choses en ce moment dans la ruche.

Le type en question, qui n'avait pas moins de noms que lui, lui avait laissé entendre par ses messages à peine voilés que le vent tournait.

Il se pourrait que ce murmure de protestation prenne un peu de voix prochainement. Les crasseux et les exploités de la ville auraient tôt fait de renoncer à la révolte au premier assaut des *troopers*. Il en était convaincu, mais même si cette insurrection devait être tuée dans l'œuf, une information fiable la concernant restait clairement exploitable.

— Eh, papa, papa !

Deux gamins pataugeant pieds nus dans la boue dépassèrent Moebius pour sauter sur un marchand qui vendait sur son petit étalage toutes sortes de déchets, allant de l'huile de vidange noire pétrole à des petits engrenages rouillés.

— Papa, ya un vioc qu'est revenu ! s'écriait le premier, âgé d'une dizaine d'années.

— Oui ! Je l'ai vu, il a une barbe blanche et tout ! renchérit le deuxième, un peu plus jeune.

— On peut aller lui jeter des cailloux ? Ric et Luis y sont déjà !

Le père, pris de court, finit par sourire. Au fond, il n'aimait pas cet attrait morbide pour la mort et la souffrance, mais, malheureusement, c'était devenu la règle ici.

— D'accord, souffla-t-il, piégé.

Le bonheur luisit dans les yeux des morveux qui n'auraient pas hésité à dénoncer aux *troopers* le manque de loyauté de leur père aux concepts G.E.

— Oh merci, papa ! firent-ils en chœur.

— Mais faites attention de ne pas déranger les *troopers* qui travaillent ! Allez, ouste ! Dépêchez-vous si vous voulez qu'il soit encore vivant à votre arrivée.

Moebius, qui avait suivi la scène, ne put s'empêcher de penser que ces deux petits merdeux feraient de bons inquisiteurs plus tard. Ils ne valaient pas mieux que des poules à qui on avait tracé un chemin qu'elles s'empressaient de suivre. Mais à la place des graines, le Great Eye semait de la haine, et beaucoup des décérébrés qui peuplaient la ruche suivaient, soit par crainte, soit par ambition. Et même les pseudo-rebelles des bas quartiers ne parlaient jamais de se dresser contre Great Eye autrement que par un bain de sang.

Les enfants décampèrent en criant et en dérapant sur le sol.

Ainsi Great Eye avait géré la crise des ressources, forçant les éléments les moins productifs à mourir ou à quitter la ville pour succomber aux terres désolées. Si quelques têtes blanches avaient tenté de résister à cette exécution d'office, les bons habitants de la ruche les avaient punis pour leur égocentrisme.

Moebius bifurqua à droite, dans une ruelle étroite qui débouchait sur une grande grille donnant sur les souterrains de la ville. Ils étaient désaffectés mais servaient de repère à la vermine de la cité. Qu'ils restent sous terre, c'était tout ce que pouvait espérer le conseil d'administration d'eux.

C'était donc tout naturellement que son indicateur lui avait donné rendez-vous là-bas, sous-estimant probablement la dangerosité des *troopers* qui y circulaient également, rarement pour des œuvres de bienfaisance.

Méfiant, l'homme, engoncé dans un long manteau noir rapiécé

rallia l'entrée des souterrains. Il n'y avait personne devant la grille et cela n'était pas de bon augure. Mais Moebius n'était pas à son coup d'essai. Cela faisait un moment qu'il travaillait pour tous types de détraqués, il avait même infiltré le rang des *troopers* durant un temps. Cependant, il lui fallait faire montre de davantage de prudence.

Moebius poussa la grille dans un grincement, annonciateur de son arrivée.

Satané portail.

Il s'avança dans le tunnel qui descendait ensuite dans les entrailles de la ville. Ses pas résonnaient dans les escaliers, il n'y avait personne. Comme si les égouts avaient été dératisés. Finalement, il pénétra dans la première pièce, là où il devait avoir rendez-vous. Là non plus, il n'y avait personne. En vie du moins.

Trois cadavres jonchaient le sol, pâles et raides. Deux d'entre eux avaient visiblement reçu une balle à bout portant et le troisième, qui était probablement son indicateur, avait été molesté jusqu'à son dernier souffle, voire même bien après. Il ne restait pas grand-chose de reconnaissable.

Le sang était coagulé, laissant à penser que le massacre commençait à dater. Moebius s'approcha du corps de celui qui aurait dû le renseigner. En s'abaissant, un rat, blotti contre le macchabée voisin, prit la fuite en couinant, faisant sursauter le chasseur d'informations.

Moebius ne trouva rien sur l'homme. Ses poches étaient toutes vides comme si elles avaient été méticuleusement fouillées.

Nous ne pouvons pas rester.

Il se releva d'un bond et pressa le pas vers la sortie. À peine eut-il franchi le seuil de la pièce qu'il fut mis en joue. Dix *troopers* lourdement armés se dressaient devant lui.

— Bouge pas, salopard, vociféra le soldat devant lui.

Moebius n'avait pas le choix, il allait devoir coopérer pour tenter de s'échapper par la suite. C'était sa seule chance.

Il n'eut pas le temps de réfléchir plus longtemps à son échappatoire. Un violent coup de crosse vint le cueillir derrière la nuque.

Il s'effondra.

*

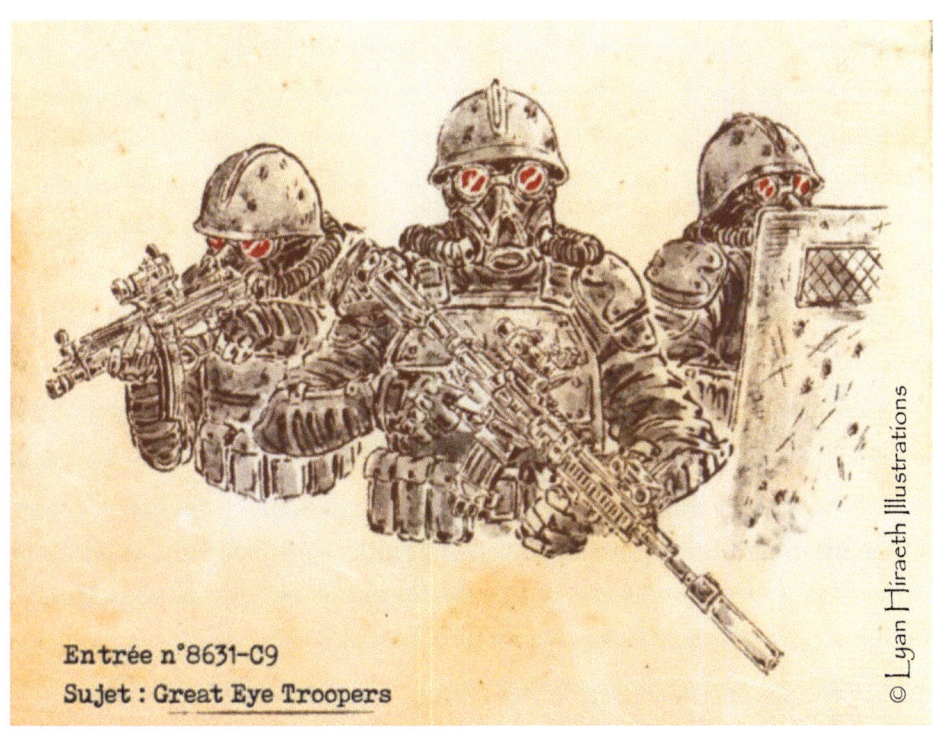

Entrée n°8631-C9
Sujet : Great Eye Troopers

Moebius s'éveilla en sursaut, le corps raide et la respiration haletante. L'eau glacée qu'on venait de lui jeter dessus l'avait tiré de sa torpeur et il se débattait pour se libérer du joug de ses menottes, attachées aux accoudoirs de la chaise. Il eut l'impression de suffoquer.

— Qu'est…

Il n'eut pas le temps d'en dire davantage, ni de véritablement ouvrir les yeux. Un poing s'écrasa sur sa joue. Sa mâchoire claqua durement, lui arrachant un morceau de langue, un fragment de canine ainsi qu'un cri étouffé. Un deuxième coup lui fit basculer la tête de l'autre côté. Un troisième lui fracassa le nez qui lui inonda le visage de sang.

Les assauts cessèrent, mais Moebius savait que cela n'était que l'échauffement. De la cruauté gratuite destinée à soulager les nerfs de ses tortionnaires. Aucune question n'avait été posée et pourtant, il s'agissait bien d'un interrogatoire.

La paupière frémissante, Moebius ouvrit un œil injecté de sang. Devant lui se dressait une femme au visage buriné et émacié. Elle était grande et blonde et un long manteau vert pendait sur ses épaules.

Une inquisitrice. Les autorités lui avait mis le grappin dessus.

Derrière elle, deux troufions encadraient la porte, le visage caché sous leur masque noir bricolé avec d'anciens matériels militaires.

Moebius considéra la mine patibulaire de l'inquisitrice. Sa silhouette musclée se perdait dans les plis de son manteau hérité de la Troisième Guerre mondiale, lui donnant presque un air grotesque. Pourtant, il faisait face à la pire création du G. E.

Moebius hoqueta, tentant de réprimer ce qui finit inéluctablement par éclater. Un rire dément et sordide emplit la petite pièce d'interrogatoire. *La chose* s'était réveillée. L'incrédulité se lisait sur le visage ulcéré de l'inquisitrice.

— Tu vas plus rire longtemps, ordure.

D'un coup de pied, elle fit basculer la chaise qui tomba lourdement en arrière, faisant s'étrangler Moebius dans son rire.

Avec détermination, elle lui recouvrit le visage d'un linge avant de lui verser le contenu d'un seau glacé sur la tête. Le prisonnier se mit à convulser, pris par la sensation de noyade. Le récipient vidé, elle retira le linge.

— Alors, t'es qui ? Et qu'est-ce que tu veux ?

Moebius, qui se remettait de son asphyxie, le faciès déjà boursouflé par les premiers coups, se mit à sourire avec béatitude. Il s'interrompit, cracha un filet d'eau, de sang et de salive, et reprit son rictus extatique.

La semelle d'une ranger vint lui faire sauter deux dents et éclater ses lèvres qui explosèrent comme deux fruits trop mûrs. Mais sa grimace ne disparaissait pas.

— Vous l'avez drogué ? s'écria-t-elle en se retournant sur les deux gardes qui sursautèrent, tremblant dans leurs armures dépareillées.

— Non ! Non, vous nous aviez bien dit de ne rien en faire et… glapit l'un des deux à travers son masque avant que l'inquisitrice ne le coupe d'un signe ferme.

La femme reporta son attention sur Moebius qui tentait d'évacuer par de pitoyables crachats les différents fluides qui gargouillaient dans sa bouche.

— Qu'est-ce que tu nous prépares ?

Le prisonnier lui sourit à nouveau en réponse, une lueur démente dans les yeux.

— Qu'est-ce que tu veux au G. E. ?

La douleur irradiait de tout l'être de Moebius dont les yeux se révulsèrent un instant, ce qui lui valut un nouveau seau d'eau avant d'être redressé. Quelques gifles claquèrent, attisant la douleur qui embrasait tout son visage.

L'inquisitrice se pencha en avant, réitérant sa question d'un ton menaçant, si que cela soit possible. Le visage de Moebius afficha soudain une expression radicalement différente comme s'il était possédé.

— Vous lui posez des questions, mais jamais il ne pourra vous répondre. Non. Pourquoi vous répondrait-il ?

La femme frappa d'un coup sec en travers de la trachée de Moebius. Le prisonnier, déjà mal en point, fut pris de spasmes tandis qu'il ahanait et crachotait.

— Qui es-tu ?

Moebius inspira dans un sifflement. Son expression changea de nouveau. Elle affichait une hargne primitive.

— Frappe-moi, p'tite merde. Nous n'avons peur de rien. Et certainement pas d'une connasse dans ton genre.

Ce fut au tour de l'inquisitrice de sourire. Enfin quelqu'un lui offrait un peu de résistance. La femme dépassa le dément pour atteindre l'arrière de la pièce, là où étaient étalés sur une table quelques outils rudimentaires. Elle s'empara d'une sorte de surin au fer chauffé à blanc et revient vers Moebius.

Méthodiquement, elle lui appliqua le fer sur la main. Le supplicié hurla.

— Pitié, pitié. Ce n'est pas moi le responsable. Je ne suis pas Moebius ! Je ne suis pas lui, pleura-t-il soudain.

— Ah bon ?

Le type se foutait d'elle, c'était un costaud. Mais elle savait résolument qu'elle le briserait.

D'un coup, elle plongea le surin dans les tripes de l'homme. L'inquisitrice n'obtint qu'un hurlement et une brève perte de connaissance.

— Nous ne pouvons rien dire, si nous ne savons rien, avait-il bafouillé à la lisière de la conscience.

L'inquisitrice inspira longuement. Elle avait trop chaud avec son manteau, mais ce manteau kaki était un symbole de pouvoir et elle rechignait à le retirer, même chez elle.

— Dis-moi tout ce que tu sais sur le projet *Second Skin* ?

— Ça existe ça ? minauda Moebius, la voix rauque.

Sa tête se balançait dans des soubresauts douloureux. Il luttait pour ne pas être aspiré par les éthers.

— Parle, ou tu ne sortiras jamais d'ici vivant.

— Blabla... bla.

Frustrée, elle préleva le surin des tripes cautérisées de Moebius. Il n'était plus très chaud. Tant pis. Rageuse, elle plongea l'arme dans les orbites du supplicié, lui crevant les yeux l'un à la suite de l'autre.

Moebius ne ressemblait plus à rien lorsqu'ils le ramenèrent dans sa cellule. Son visage difforme pleurait de longues traînées sanglantes, ses viscères étaient irrémédiablement atteints mais il était encore en vie… pour le moment.

*

Prank était de garde toute cette semaine. Il était à la tête d'un petit contingent qui veillait à la sécurité des installations scientifiques de G. E., du moins d'une partie non négligeable. Ses petits arrangements, sa loyauté docile et son implacabilité l'avaient propulsé au département de recherche et développement. C'était une belle montée en grade, et même s'il ne serait jamais inquisiteur, il pouvait rêver de continuer de grimper les échelons.

Mais depuis quelques temps, il regrettait son ascension dans le très secret laboratoire du projet *Second Skin*. Il ne savait quasiment rien, mais à la moindre fuite de sa part, ce n'était pas une rétrogradation qu'il risquait, mais une élimination pure et simple.

Cette contrainte lui pesait. Et le silence angoissant des laboratoires, grouillant de *blousards* taciturnes, rongeait son moral comme la rouille la ferraille. Mais, de la même façon, il ne pouvait demander de réaffectation sans s'attirer la suspicion du conseil d'administration.

Lorsqu'il était anxieux, Prank patrouillait, comme n'importe quel troufion. Cela lui donnait de la contenance et lui rappelait le temps heureux où il terrorisait les bouseux de G. E. city. Les scientifiques le croisaient sans lui accorder la moindre attention, le laissant à ses pérégrinations. Les vitres des laboratoires étaient opaques, le laissant dans une ignorance bienvenue.

La connaissance était chose risquée. Aucun des *blousards* ne restait bien longtemps dans ces locaux d'ailleurs.

Ses pas l'amenèrent jusqu'à la salle des spécimens. C'était une grande salle médicalisée remplie de sortes de sarcophages contenant indifféremment humains et animaux en état de stase, plongés dans une sorte de formol. Et, plus loin, au fond de la pièce, des cellules contenant divers prisonniers politiques étaient plongées dans l'obscurité.

Hijek, le laborantin en chef, était là, examinant les capsules l'une après l'autre.

Prank souleva son chapeau melon en guise de salut. Depuis sa mutation, il avait troqué son lourd attirail de *trooper* pour celui, léger et digne, d'un officier de bureau.

— Sergent Prank, le salua en retour Hijek.

Le militaire se stoppa, fixant avec un effroi mal dissimulé les tubes de verre renfermant les cobayes.

— Vous êtes encore jeune ici, vous vous habituerez, lâcha le laborantin en relevant ses lunettes noires, un sourire au coin des lèvres.

— Pas sûr.

Prank passait en revue les différentes cellules, s'arrêtant sur celle portant le numéro B4. Il s'en approcha. Les lèvres du cobaye bougeaient. Un léger murmure poignait de l'autre côté du verre.

— Il parle ? Il dit quoi ? demanda-t-il, tapotant les barreaux métalliques de son doigt ganté.

Hijek haussa les épaules.

— C'est un sujet en état délirant. Il souffre d'hallucinations.

— Vous lui avez fait quelque chose ? Simple curiosité.

— Non, pas encore. Cela ne tardera plus.

— C'est bientôt à nous, à moi, la treizième heure arrive et je vais pouvoir me nourrir … !

Le militaire sursauta en entendant les propos du sujet B4.

— Je ne voudrais pas le voir sorti, c'type-là ! grommela-t-il.

— Je vous assure que vous ne risqueriez rien. Il est à moitié crevé de toute façon.

Prank scruta la sombre cellule pour dévisager au mieux l'individu. Il n'avait pas les paupières closes, comme il l'avait cru. Ses orbites étaient vides. D'autres zones de son corps avaient été perforées. Sa tête se balançait çà et là comme s'il cherchait quelque chose.

— En effet, c'est déjà dingue qu'il soit encore en vie.

— C'est un dur à cuire. Bon, vous m'excuserez mais j'ai du travail.

Hijek se détourna du militaire au chapeau melon. Celui-ci jeta un dernier regard au sujet B4. Son faciès prenait tour à tour différentes expressions, colère, peur, puis il se redressa doucement et tourna ses orbites creuses vers Prank.

Parcouru d'un frisson, le geôlier tourna les talons. Alors qu'il quittait la pièce, il lui sembla entendre, dans un murmure à peine audible :

— Joli chapeau.

Les jours passèrent et l'intérêt de Prank pour le type aux yeux crevé redoubla contre son gré. Il n'était pas bon d'être curieux, mais le laborantin en chef lui était sympathique, c'était d'ailleurs le seul parmi les *blousards* à lui adresser la parole.

Hijek s'affairait autour de plusieurs machines lorsqu'il fit son apparition dans la salle des spécimens. La batterie de tests en cours visait à implanter aux sujets un parasite pour tester leur réaction. La chose, presque invisible à l'œil nu, se proliférait sur la peau du cobaye, se nourrissant de son système sanguin et lymphatique et dopant le système biologique de son hôte.

— Impressionnant, n'est-ce pas ?

Prank sursauta, il était obnubilé par ce qu'il voyait. Les cicatrices des sujets se refermaient à vue d'œil, c'était magnifique et à la fois… effroyable. L'expérience était néanmoins un échec, aucun d'entre eux n'y avait survécu.

— Si tout fonctionne, alors bientôt le sujet B4 qui semble tant vous fasciner guérira de ses blessures mortelles.

— C'est pas dangereux ?

— S'il meurt, alors c'est que cela l'était. Pour le moment nous n'avons pas encore eu de survivant, j'imagine qu'il y a donc un risque important.

Le sujet dans la cuve fut soudain agité de soubresauts, se figea. L'électrocardiogramme se réduisit à une ligne droite accompagné du son désagréable et caractéristique. Le sujet venait de mourir. Un de plus.

— Prévisible. Mais décevant cependant. Messieurs, je pense qu'il est temps de tester la nouvelle cuve, celle-ci ne mène à rien.

Les *blousards* s'affairèrent alors autour d'une nouvelle cuve remplie un liquide d'un vert presque luminescent.

— Qu'est-ce qui change ?

— Le formol empêchait la prolifération du parasite Z//B, et les sujets sont trop faibles pour l'alimenter eux-mêmes. Nous allons donc noyer votre ami dans un substrat favorable pour le développement du parasite. Par précaution, nous vidons un peu le cobaye de son sang pour lui injecter le même liquide par intraveineuse.

Prank n'avait pas compris un traître mot de ce que le scientifique venait de lui dire mais autre chose attira son attention. Le détenu B4 – son « ami » – était là, soutenu par deux *troopers*, un sourire malsain se dessinant sur son visage tuméfié.

— J'ai de bons espoirs que ce type increvable tienne bon, confia Hijek.

Le supplicié avait l'air calme, beaucoup trop calme, et se laissait faire comme s'il attendait ce moment. Quelque chose clochait, Prank en était certain mais une fascination morbide l'empêchait de quitter le cobaye des yeux. Quant à Hijek, il était en transe.

Le sujet B4 fut plongé dans la cuve et l'expérience commença. Le corps de Moebius se mit à guérir, comme prévu. Sa plaie à l'abdomen cicatrisa et, si ses orbites restaient vides, son pronostic vital n'était plus en jeu. Le Z//B s'empara de toute la surface disponible, tant à l'extérieur, qu'à l'intérieur du sujet.

La tension retomba d'un coup dans les laboratoires. Les *blousards*, heureux, lâchèrent même à Prank des sourires ravis lorsqu'ils croisèrent son regard. Tout semblait enfin se passer comme prévu et même Hijek semblait aux anges. Mais cela ne dura pas.

Les machines s'affolèrent, le patient venait de faire un arrêt cardiaque. Le nouveau substrat était inefficace.

La stupeur frappa l'équipe lorsque la voix de Hijek hurla.

— Non ! Pas si près du but ! Pas encore ! Activez immédiatement la procédure d'urgence ! Ranimez-le, vite. Nous ne pouvons pas encore prendre du retard…

Le chaos s'empara de la pièce. Les laborantins couraient en tous sens, tentant tant bien que mal de limiter leur responsabilité du marasme que représentaient ces recherches sur le Z//B. Prank était complètement dépassé et ne trouvait pas sa place dans cette tornade de blouses blanches. Il venait de battre en retraite dans l'embrasure de la porte lorsque le cœur du symbiote se remit en marche.

Après le chaos, le silence recouvrit tout, ne laissant plus

qu'entendre les grésillements des machines et les souffles haletants des *scientifiques.* Tous les yeux étaient rivés sur Moebius.

— Bordel, qu'est-ce que c'est que cette merde, encore ? explosa Hijek.

Prank ne comprit pas de suite. Mais le corps du sujet B4 se recouvrit d'une pellicule noire et brillante. La tache noire avala en un rien de temps le corps tout entier du sujet.

Prank sursauta lorsque l'alarme du laboratoire hurla.

— Bordel de putain de merde ! jura-t-il, en essayent de se faufiler parmi les scientifiques hébétés pour attraper son fusil d'assaut dans une cache du couloir.

— À tous, sortez-vous les doigts, je veux vingt hommes avec moi et dix à chaque sortie. Grouillez-vous, beugla le gradé dans son transmetteur à l'intention de ses *troopers*.

Le geôlier traversait désormais le corridor à toute vitesse, remontant le courant des *blousards* apeurés. Les lumières du laboratoire vacillèrent et les issues de secours se fermèrent automatiquement. *Troopers* et scientifiques furent piégés dans la salle des spécimens avant qu'il ne puisse les rejoindre. Les prisonniers enfermés dans les cellules se mirent à hurler, rajoutant leur part de tumulte au chaos ambiant.

Soudain, tous ouvrirent le feu de l'autre côté de la cloison. Prank sentit la porte remuer dans ses gonds lorsque les soldats s'amassèrent sur le seuil. Entre les déflagrations, poignaient le son des bris de glace, entre autres impacts de balles.

Contre toute attente, la porte se déverrouilla, laissant apercevoir les monceaux de cadavres agglutinés devant elle.

Le sang du sergent Prank ne fit qu'un tour puisque son cœur s'arrêta la minute suivante. La tête d'Hijek vola à travers les battants ouverts et vint s'écraser à ses pieds. Son visage aveuglé était figé d'effroi.

Un bruit à mi-chemin entre le rire et le hurlement résonna dans tout le laboratoire.

Derrière Prank, des renforts arrivèrent et engagèrent le combat, tétanisés.

Une ombre se jeta sur les troupes. L'humanoïde plongea sa main dans le cou mal protégé des *troopers* et leur arrachait la trachée. D'autres se firent démembrer. Quelques membres volèrent. Les armes déchargées finirent pas se taire et Prank n'entendait plus que les craquements macabres du corps de ses hommes que la chose démantibulait.

Lorsque le bataillon fut annihilé, la créature tourna la tête vers le geôlier un rictus dément se peignant sur sa face noire. Le sujet B4. Il était recouvert du Z//B, et seules ses dents blanches contrastaient avec la profonde noirceur de sa peau. Il portait les lunettes du scientifique.

— Vi… vant ! articula péniblement la créature en avançant vers le militaire.

— Plus pour longtemps ! rugit d'une voix mal assurée Prank qui lorgnait sur le sang gouttant des doigts de la bête.

Le geôlier vida son chargeur sur la face rieuse de l'humanoïde. En vain. Les doigts de la chose se refermèrent autour de la gorge de Frank et le souleva du sol comme s'il ne pesait rien.

— Joli chapeau, murmura le monstre en s'emparant du couvre-chef.

— Qu'es-tu ? souffla Prank, asphyxié.

Le symbiote lui enfonça ses doigts griffus dans les yeux.

— Shaârghot !

Un grand merci à Étienne Bianchi pour sa collaboration à l'écriture de cette nouvelle et à Lyan Hiraeth pour le partage de ses œuvres.

Les pages musicales du Faune

Les pages musicales du Faune

Vous l'avez compris, aujourd'hui, nous allons parler de Shaârghot !

Si vous aviez trouvé Hector Zam[1] brutal et primitif, sachez que c'est un enfant de chœur face à ce qui vous attend. Le Shaârghot ne vous ménagera pas. Pas une seule seconde.

Ce que vous venez de lire a été construit sous la tutelle du Shaârghot lui-même. Cela ne veut pas dire que c'est une vérité à prendre au mot, car l'individu est retors et espiègle. Mais de toute façon, même après tout cela, vous ne savez rien de G.E. City ni des Shadows, et encore moins de ce qu'est réellement le Shaârghot.

Cet univers est une nébuleuse encore inexplorée et inconnue au milieu de laquelle flotte le visage fou de la créature cynique à la batte de baseball. Nous en apprenons chaque jour un peu plus, goutte à goutte. Mais pour chaque nouvelle connaissance liée au Shaârghot, c'est tout un éventail de nouvelles questions qui s'offre à nous, dopant notre Imaginaire.

Seuls deux albums et quelques informations disséminées sur les réseaux sociaux du groupe viennent nous renseigner suffisamment pour entrevoir ce monde futuriste dans lequel se réveille la créature. Le premier album est dédié à l'apparition du Shaârghot et à sa (re)naissance.

---

[1] Voir le numéro 1 de la revue, « Errance ».

C'est un être créé à l'occasion d'un vaste projet mené par *Great Eye* appelé *Second Skin*[2] et dont la haine ne connaît pas de pareil. Si cette rage a un goût, cela doit être celui du sang, mais vous l'apprendrez en écoutant cet album qui, s'il n'est pas le plus accessible des deux selon moi, pose les bases de l'univers en en présentant le personnage central. L'album éponyme est néanmoins assez « cinématographique » dans son approche, avec un premier morceau immersif qu'on vit comme le réveil de la créature et un dernier qui clôt magnifiquement ce premier épisode : « We are alive[3] ».

Le deuxième album (*The advent of Shadows*[4]) est particulièrement bien construit avec un début chaotique qui nous transmet avec énergie (c'est un euphémisme) la propagation des Shadows, le Shaârghot ayant trouvé le moyen de transmettre le Z//B à d'autres porteurs. La black wave (vague noire, « shadows » signifiant « ombre » en anglais) submerge tout sur son passage tant et si bien que Great Eye finit par s'intéresser de près à son existence, envoyant l'inquisiteur Kurgan se débarrasser de la menace[5].

Il y a encore tant de choses à dire sur l'univers dystopique de Shaârghot. Tout y est pensé avec précision remarquable et, même si les albums distillent les informations avec parcimonie, la trame de l'histoire ressurgit néanmoins pour l'auditeur attentif et chaque détail, chaque information, booste l'imaginaire. C'est un projet remarquable qui mérite de poursuivre sa progression fulgurante sur la scène métal.

---

[2] « Seconde peau ».
[3] « Nous sommes vivants »
[4] « L'avènement des ombres »
[5] Voir le court métrage « Break your body ».

Shaârghôt est une œuvre immersive qui a encore de nombreux secrets à nous révéler, le mystère est tel que seul Étienne Bianchi, créateur du Shaârghot, sait ce qui attend les Shadows dans la suite des aventures. Lui seul connaît l'origine de cet univers cyberpunk, ses tenants et ses aboutissants, et il nous distille tout cela dans une succession d'albums à peine commencée et conçue comme une série à suspense.

Je rajouterai que tout est parfaitement travaillé, les courts-métrages sont d'une qualité exceptionnelle (je n'appellerai donc pas ça des clips), les costumes et les décors sont vraiment immersifs lorsqu'on se déplace pour les voir.

Quant aux visuels d'albums, vous les avez sous les yeux. Ils sont réalisés par Lyan Hiraeth et participent très fortement à l'identité de l'univers, nous permettant d'en comprendre juste assez pour apprécier l'ambiance sans spoiler la suite.

Bref, tout est presque parfait dans ce groupe.

Musicalement, Shaârghot se situe sur un style qu'on qualifierait d'électro-metal-indus ce qui revient à dire « du metal avec une prédominance de sonorités électro ». Clairement, on ne fait pas dans la dentelle, les riffs sont simples, percutants et entraînants, les phases chantées sont scandées et saccadées. La batterie martèle le tempo et l'électro se mêle aux riffs avec insistance. Le tout nous prend aux tripes et nous secoue violemment car il est impossible de résister à cette envie irrépressible de se jeter corps et âme dans le chaos jusqu'à ne plus pouvoir respirer. Néanmoins, à travers cette simplicité efficace et apparente, il faut entrevoir une composition riche et complexe qui ne laisse pas de place au hasard. Si cette musique est si viscérale, c'est parce que le groupe sait exactement ce qu'il fait.

On ressent par ailleurs une influence importante de Punish Yourself.

Annexe biographique

Olivia HB :

Olivia HB est née ailleurs un jour d'automne. Elle a eu ensuite tout le reste des saisons pour se rendre à droite et à gauche du monde et rapporter quelques instantanés volés à l'impromptu.

Bidouilleuse des profondeurs, Olivia HB recherche dans la réalité un autre relief, par la superposition, l'exposition multiple ou le découpage qui aurait le parfum des arts plastiques jusqu'à donner vie aux images en les animant une par une dans des films ! Elle griffonne les filtres de ses appareils photos, comme un écrivain raturait ses pages, juste pour donner un relief, un âge à l'instant pourtant si présent, si ancré dans la modernité.

Elle a eu la chance et l'honneur de publier deux livres en tant qu'illustratrice : *Dans le spleen et la mémoire* de Fabien Sanchez, aux éditions des carnets du dessert de lune, ainsi que *Nuages de saison* de Jean-Louis Maurice Massot aux éditions Bleu d'encre et un ouvrage en tant qu'auteure, *Fable*, aux éditions Apeiron. Mais aussi diverses publications dans des magazines littéraires, venant illustrer les mots des poètes ainsi que des expositions dans des salons internationaux. Mais elle reste « amateur » dans le sens étymologique du verbe « aimer » …

Elle est également la créatrice de la revue *Les Impromptus*, revue artistique réunissant artistes plasticiens et auteurs pour créer une œuvre à quatre mains.

Elle vous remercie également d'avoir lu ceci jusqu'à la fin !

Dans l'ordre de publication :

Cédric Bessaies, auteur de « Le fil de l'Araignée » :

Six mois après sa première publication, nous ne savons toujours rien de cet individu. On sait juste qu'il écrit et corrige avec rigueur. Le Faune espère en savoir plus dans les mois à venir.

Petit Caillou, auteur de « Univers parallèle 03 : à la lumière d'un réverbère » :

Si le caillou n'a pas collaboré cette fois avec l'auteur précédent, rien d'autre ne semble avoir changé. La caillasse est bourrée de talent, mais c'est tout ce dont le Faune a connaissance à l'heure actuelle.

https://www.facebook.com/petitcaillouillu/

https://www.instagram.com/petit_caillou_illu/

Constantin Louvain, auteur de « Nous venons en paix ! » :

Constantin Louvain, auteur belge résidant en Ile de France, de formation scientifique, exerça des emplois de chercheur, enseignant dans une université africaine et cadre dans une multinationale américaine avant de consacrer du temps à la rédaction de textes de fantastique et science-fiction.

http://constantinlouvain.monsite-orange.fr

Ciryal, auteur de « Les autres » :

Ciryal est un artiste, le Faune en est certain. Du reste, le mystère perdure.

Eva Quermat, autrice de « Perfection » :

Imaginez un cerveau à l'imagination débordante qui réfléchit sans cesse. Ajoutez un goût prononcé pour les mondes imaginaires. Vous obtenez ainsi Eva Quermat. J'ai commencé mes récits dès que j'ai su écrire, vers l'âge de cinq ans. Retrouvez mes textes sur mon site : http://www.eva-quermat.ml.

Lilou Monet, autrice de « Les égarés » :

J'ai toujours vécu en montagne et l'art est ma passion. J'aime dessiner, peindre et écrire ce qui m'a permis de participer à ce concours. J'espère un jour devenir auteur et artiste.

Louise Sbretana, autrice de « Amour, pouvoir ou vérité ? » :

Influencée par le roman noir, l'antiquité et les sciences sociales, Louise Sbretana écrit principalement une SF incarnée où l'assouvissement du corps est confronté à un étrange hors-norme.

Site : https://sbretana.wordpress.com

Aélis Nater, autrice de « Alter-ego » :

Le Faune ne connaît pas cette personne. Si vous détenez certaines informations, nous sommes preneurs

Nathalie Williams, autrice de « Jeux de miroir » :

Neuroscientifique repentie, lectrice de tous les genres, du classique à la SF, fascinée par les faiblesses de la nature humaine, amoureuse de Dali, Cadaqués et de la mélancolie. Nathalie Williams est nouvelliste, actrice amatrice et lyriciste à ses heures perdues…

Sophie Patry, autrice de « People » :

« Je travaille en mouvement ce qui me procure des effets directs à la prise de vue...».

J'expose en France et à l'étranger (Allemagne, Belgique, Île de la Réunion, Iran, Irlande, Italie et Suisse). Je suis représentée par UPA Gallery en Floride. En 2019, une de mes photos est deuxième du concours du Géant des Beaux-Arts.

Site internet : https://sopatry4.wixsite.com/sophiepatry

Nathalie Chevalier-Lemire, autrice de «La quête des éléphants légendaires » :

Conteuse et rêveuse, j'invente des contes et histoires courtes dans lesquels je laisse parler mon imaginaire… et les nombreux êtres merveilleux qui le peuplent !

Retrouvez mon univers qui mêle contes et origami sur mon blog :

https://contesdeneigeetdepapier.wordpress.com

Florent Lucéa, auteur de « L'enfer, c'est l'autre en face » :

Florent Lucéa, écrivain plasticien, développe un art ethnique onirique, entre métissage et symbolisme, notamment en tant que RootArtiste de l'association FenÊtre sur rue et navigue entre expositions, ateliers artistiques et salons littéraires en Nouvelle-Aquitaine.

http://luceaflorent.e-monsite.com

Mello von Mobius, autrice de « Intra-auriculaire » :

Adoratrice de Cthulhu et grande prêtresse d'une secte visant à placer les lapins à la tête du monde, Mello est une bébé auteur passionnée par le fantastique et la science-fiction, et plus particulièrement par Lovecraft, Matheson, Dick et Gaiman.

Bezuth, auteur de « Attention aux autres » :

Bezuth poursuit des études de médecine tout en persistant dans la voie de l'écriture, comme en témoignent la publication d'un recueil chez JFE, ainsi que sa participation dans *Nutty Tales* et dans le numéro 6 de *Fantasy Art and Studies*. Un échantillon est disponible sur lebazardebezuth@e-monsite.com

Lam, autrice de « L'elfe de l'au-delà » :

Lam est une artiste Bordelaise dont l'inspiration est guidée par la magie et les mystères de la nature.

Ses techniques favorites sont l'encre et l'aquarelle qui retranscrivent parfaitement la sensibilité des émotions qu'elle souhaite faire ressentir au spectateur.

https://www.facebook.com/pg/illustration.lam

Cédric Teixeira, auteur de « Le moulin du hameau de l'Aa » :

Je suis passionné depuis ma plus tendre enfance par la lecture et les belles histoires. L'idée d'écrire ne m'est apparue qu'à presque quarante ans sous la forme d'un scénario qui jaillit de mon esprit de manière aussi subite qu'inattendue. Suite à cet épisode, je m'attelai à la tâche et créai un univers mélangeant fantastique et science-fiction, à travers des récits mettant en scène des personnages ordinaires dont le réalisme du quotidien bascule irrémédiablement dans l'inconcevable.

https://cedricteixeira.wixsite.com/website

Lancelot Sablon, auteur de « Shaârghot, le commencement » :

Directeur de la Revue des Cent Papiers, auteur amoureux de la SFFF ne restant jamais plus que nécessaire dans le Réel. Ses proches s'inquiètent car à force de voyager, il pourrait finir par ne plus revenir du tout !

www.sablonlancelot.wordpress.com

Remerciements

Un grand merci à tous les participants, n'hésitez pas à aller voir leur travail sur leur site ou leurs réseaux sociaux. Soutenez les nouveaux noms de la SFFF !

Vive la SFFF francophone !

***

Un immense merci à nos adhérents qui nous soutiennent dans ce projet de revue gratuite et accessible à tous :

Cédric Bessaies	Petit Caillou
Nathalie Chevalier-Lemire	Adrien Ramos
Éloïse Duflos	Lancelot Sablon
Thierry Fauquembergue	Amélie Sapin
Gautier Guarino	Cédric Teixeira
Nathalie Gil	

Comité de Sélection :

Nathalie GIL (illustrations)

Gautier GUARINO (textes)

Lancelot SABLON

Corrections :

Cédric BESSAIES

Éloïse DUFLOS

Montage :

Petit CAILLOU

Lancelot SABLON

Ligne Éditoriale :

Lancelot SABLON

Logo : BeezkOt

Quatrième de Couverture : L'errance du Faune - BeezkOt